Couverture inférieure manquante

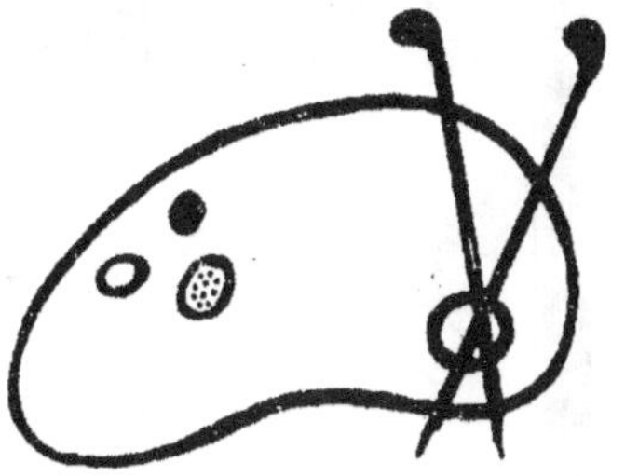

Original en couleur
NF Z 43-120-8

RECTO ET VERSO

LES MOTS
QUI RESTENT

Supplément à la troisième édition du

« MUSÉE DE LA CONVERSATION »

RÉPERTOIRE DE CITATIONS FRANÇAISES, EXPRESSIONS
ET FORMULES PROVERBIALES

AVEC UNE INDICATION PRÉCISE DES SOURCES

PAR

Roger ALEXANDRE

PARIS

LIBRAIRIE ÉMILE BOUILLON, ÉDITEUR

67, RUE DE RICHELIEU, AU PREMIER

1901

EXTRAIT DU CATALOGUE GÉNÉRAL

Qui est envoyé franco sur demande.

PAGE(S) VIERGE(S)

LES MOTS QUI RESTENT

LES MOTS

QUI RESTENT

Supplément à la troisième édition du

« MUSÉE DE LA CONVERSATION »

RÉPERTOIRE DE CITATIONS FRANÇAISES, EXPRESSIONS
ET FORMULES PROVERBIALES

AVEC UNE INDICATION PRÉCISE DES SOURCES

PAR

Roger ALEXANDRE

PARIS

LIBRAIRIE ÉMILE BOUILLON, ÉDITEUR

67, RUE DE RICHELIEU, AU PREMIER

1901

PRÉFACE

On trouvera dans le présent volume, qui n'est qu'un supplément au *Musée de la Conversation*, une grande partie des articles que nous avons donnés depuis deux ans dans les suppléments littéraires du *Gaulois*, sous le titre que nous leur conservons : *Les Mots qui restent*.

Nous nous sommes déjà expliqué, au début de notre premier recueil, sur la nature et le but de cet ouvrage. Nous demandons la permission de présenter encore ici, à ce propos, quelques observations.

On connaît le proverbe latin : *Verba volant, scripta manent* (les paroles s'envolent, les écrits restent). Cela n'est pas tout à fait exact : il est beaucoup d'écrits qu'emporte le vent ; il est beaucoup de paroles qui restent gravées dans la mémoire des hommes et se transmettent de génération en génération.

Étudier les formules et expressions proverbiales qui proviennent de l'une et l'autre sources, faire connaître ce que nous avons pu apprendre de leur origine et de leur histoire, tel est l'objet que nous nous sommes proposé en composant ces deux recueils.

En prenant pour titre : *Les Mots qui restent*, nous n'avons pas entendu nous interdire d'enregistrer ceux qui n'ont eu qu'une existence éphémère et ne sont plus d'un usage courant. Quelques-uns présentent encore un intérêt rétrospectif qui nous a engagé à ne pas les exclure systématiquement.

De ces mots fugitifs font partie ceux que La Bruyère appelait *aventuriers*. Parlant d'un de ces sots qui se croient
beaucoup d'esprit, bien qu'ils en soient dépourvus, de ceux
qu'on appellerait aujourd'hui des *raseurs*, il disait :

« Malheur pour lors à qui est exposé à l'entretien d'un tel
personnage ! combien de jolies phrases lui faudra-t-il
essuyer ! combien de ces mots aventuriers qui paraissent
subitement, durent un temps, et que bientôt on ne revoit
plus ! »

(*Les Caractères*, chap. V : *De la Société et de la Conversation*, 11ᵐᵉ alinéa.)

En offrant au public les résultats de nos recherches, nous
avons cru pouvoir lui rendre plusieurs sortes de services.
Nous avons pensé d'abord qu'il lui serait commode de trouver
réunis dans un même ouvrage un grand nombre de repsei-
gnements qu'il est difficile d'avoir toujours présents à la
mémoire et dont la recherche demande parfois beaucoup de
temps et de peine.

En lui fournissant avec autant d'exactitude que possible
les textes originaux des formules qu'on a souvent l'occasion de citer, nous le mettons à même d'en mieux comprendre
la signification. Rien de plus juste en effet que ce principe
énoncé par Charles Nodier, dans ses *Notions de linguis-
tique* (1834, chap. IX, p. 168) :

« Quiconque parle sans se rendre compte de la valeur
originaire de sa parole, et le ciel fasse grâce à tous ceux qui
sont dans ce cas, en sait à peine la moitié. Ce qui fait vivre
la parole n'y est plus.

» Ce n'est pas moi qui dis cela, prenez-y garde ! c'est
Cicéron et c'est Montaigne ! »

Nous voudrions aussi éviter aux écrivains certaines erreurs
de texte et d'attribution comme on en a vu se produire jusque

dans les discours académiques. Ce sont là fautes vénielles, sans doute, encore nous accordera-t-on qu'il est préférable de n'y point tomber.

Nous ne prétendons certes pas qu'il faille toujours employer les formules telles que leurs auteurs les ont écrites. Il en est beaucoup qui circulent déformées et remaniées par le public, et cela pour sa plus grande commodité. On donne, par exemple, comme étant de Buffon, le mot fameux : *Le style, c'est l'homme*. On ne saurait guère, en vérité, sous peine d'être taxé de pédantisme, le citer sous sa forme primitive : *Le style est l'homme même*.

On ne manque pas d'attribuer à Boileau le vers :

Le Français né malin créa le vaudeville.

Si l'on tenait à citer exactement, il faudrait y joindre le vers précédent, et dire, ce que nous ne conseillerons à personne :

D'un trait de ce poème, en bons mots si fertile,
Le Français né malin *forma* le vaudeville.

Il en est de même de ce vers si connu :

Il est avec le ciel des accommodements.

On verra dans notre recueil que ce vers n'est pas dans *le Tartuffe*, mais qu'il est un abrégé de deux vers de cette comédie, qu'il serait parfaitement ridicule et prétentieux de citer correctement. Dans tous les cas semblables, il faut choisir sans hésiter la variante la plus répandue, en s'abstenant bien entendu de toute fausse attribution.

Pour établir avec quelque certitude l'origine des formules qui nous occupent, nous n'avons accordé aucune créance aux renseignements vagues dont on s'est trop souvent contenté, aux hypothèses plus ou moins fantaisistes qui ne sont appuyées d'aucun document, d'aucun texte précis. C'est ce qui nous a fait écarter la plupart des anciens proverbes, pour lesquels il se présente souvent deux ou trois explications, plus incertaines les unes que les autres. Nous ne les avons mentionnés que très exceptionnellement, en particulier quand leur souvenir se rattache à quelque circonstance marquante.

Nos recherches ont dû porter surtout sur les formules d'origine littéraire, c'est-à-dire sur les mots écrits par leurs auteurs eux-mêmes ou sur les paroles prêtées à divers personnages par des témoins plus ou moins véridiques, par des biographes ou des historiens plus ou moins scrupuleux.

En chacune de ces formules, il y a lieu de considérer deux éléments bien distincts : le fond, c'est-à-dire l'idée qu'elle exprime, et la forme.

Dans bien des cas, ce n'est qu'au point de vue de la forme qu'on peut espérer éclaircir leur origine. En effet, lorsqu'il s'agit d'une idée générale, relative à la morale par exemple, il est le plus souvent impossible de lui découvrir un auteur. On peut dire que cette idée n'appartient à personne, et pour en retrouver la source première, il faudrait remonter, non pas seulement à l'antiquité, mais aux premiers âges de l'humanité. Les formules modernes qui expriment ce genre d'idées ne font que répéter ce qui a été dit maintes fois, et l'on verra, en plus d'une occasion, se vérifier cette réflexion de Voltaire à propos de l'épitaphe que le poète François Maynard s'était composée :

« La plupart des beaux vers de morale sont des traductions. »

(*Écrivains français du siècle de Louis XIV*, art. Maynard.)

« A présent, écrivait-il une autre fois, dans une lettre à

M. Bure père, du 17 août 1776, tout est lieu commun. La plupart des auteurs modernes ne sont que les fripiers des siècles passés. »

Et l'on se souvient que La Bruyère commençait ainsi le premier chapitre de ses *Caractères* :

« Tout est dit, et l'on vient trop tard depuis plus de sept mille ans qu'il y a des hommes, et qui pensent. Sur ce qui concerne les mœurs, le plus beau et le meilleur est enlevé...»

Non seulement tout a été dit, dans cet ordre d'idées du moins, mais tout a été redit plusieurs fois et de façons différentes, tantôt médiocrement, tantôt sous une forme excellente, en quelque sorte définitive. Et nous remarquerons en passant que c'est le grand mérite d'avoir trouvé la forme la plus belle et la plus simple pour des pensées que d'autres avaient dites avant lui, qui a valu à La Fontaine sa gloire impérissable.

L'étude et la comparaison des formes successives d'une même pensée, ou, si cette image n'est pas trop prétentieuse, des divers vêtements dont on l'a habillée, ont attiré tout particulièrement notre attention. Nous nous sommes donc vaillamment exposé à encourir la très fine critique contenue dans cette boutade que l'on cite du journaliste Étienne Béquet :

« M. Scribe a pris *cela* à Molière ; Molière avait pris *cela* à Cyrano de Bergerac ; Cyrano de Bergerac avait pris *cela* à Térence ; Térence avait pris *cela* à Ménandre ; oui, mais où Ménandre avait-il pris *cela* ? Ce serait à aller au diable, et encore ! »

Bien que certaines pensées que nous avons eu à enregistrer semblent avoir été inspirées par le diable lui-même, nous avons pourtant laissé à d'autres le soin de poursuivre aussi loin la recherche de la paternité.

En ce qui concerne les paroles célèbres, les mots

« historiques », on verra que le plus souvent une grande incertitude règne sur leur authenticité, qu'il en existe en général plusieurs variantes, et que parfois même les témoignages se font plus rares à mesure que l'on se rapproche de l'époque où ces mots auraient été prononcés, jusqu'à faire complètement défaut chez les auteurs contemporains. C'est d'ailleurs une vérité généralement reconnue, devenue presque banale, que la plupart des mots historiques n'ont pas été dits, mais ont été fabriqués ou arrangés après coup, ou même ont précédé les événements auxquels on les a plus ou moins heureusement appliqués.

Lorsque ces mots sont reconnus apocryphes, il ne s'ensuit pas qu'ils soient sans intérêt et qu'il y ait lieu, pour le biographe et l'historien, de les biffer simplement d'un trait de plume et de les laisser de côté. Il en est au contraire de fort bien trouvés, qui peignent nettement et vivement une situation. De plus, ils font partie de ce patrimoine de traditions, longtemps enseignées comme des vérités, qu'il n'est permis à personne d'ignorer. A ce seul titre, l'historien a le devoir de les mentionner, tout en disant ce qu'il faut penser de leur authenticité.

Notre amour pour la vérité, notre souci de l'exactitude, nous ont souvent amené à porter la main sur des légendes édifiantes, et il pourra se trouver quelque lecteur assez respectueux des « fables convenues », selon l'expression que Voltaire prête à Fontenelle, pour crier au sacrilège. A notre avis, il ne faut pas vouloir faire quand même de l'histoire un conte moral. Les événements réels fournissent assez d'enseignements sans qu'il soit besoin d'y joindre des fictions nées de la rumeur publique ou de l'imagination des auteurs. L'historien vraiment digne de ce nom doit se refuser à frelater l'histoire, même au point de vue de l'esthétique ou dans l'intérêt de la morale.

Nous pensons donc qu'on ne saurait réprouver trop sévèrement, même lorsqu'il s'agit d'une œuvre d'art, des théories
comme celles qu'émettait Alfred de Vigny, dans la préface
de *Cinq-Mars*, en 1827. En raison du grand succès de cet
ouvrage, qui tient à la fois du roman et de l'histoire, il se
croyait autorisé à s'exprimer ainsi :

« Je ne puis m'empêcher de jeter ici ces réflexions sur la
liberté que doit avoir l'imagination d'enlacer dans ses nœuds
formateurs toutes les figures principales d'un siècle, et, pour
donner plus d'ensemble à leurs actions, de faire céder parfois la réalité des faits à l'*idée* que chacun d'eux doit représenter aux yeux de la postérité ; enfin sur la différence que
je vois entre la *vérité* de l'art et le *vrai* du fait. »

Grâce à cette distinction un peu subtile, qui n'a pour
nous qu'un bien faible attrait, il essaie de justifier les
libertés qu'il est d'avis de prendre dans les œuvres d'art
avec la vérité historique. Il dit un peu plus loin, « pour
achever de dissiper sur ce point les scrupules de *quelques
consciences littérairement timorées* » :

« Dans beaucoup de ses pages et qui ne sont peut-être pas
les moins belles, l'Histoire est un roman dont le peuple est
l'auteur. L'esprit humain ne me semble se soucier du *vrai*
que dans le caractère général d'une époque... »

« Cette liberté, dit-il encore, les anciens la portaient dans
l'histoire même, ils n'y voulaient voir que la marche générale
et le large mouvement des sociétés et des nations... On
pourrait presque calculer géométriquement que, soumise
ainsi à la double composition de l'opinion et de l'écrivain,
leur histoire nous arrive de troisième main, et éloignée de
deux degrés de la réalité du fait.

C'est qu'à leurs yeux l'Histoire aussi était une œuvre de
l'art ; et pour avoir méconnu que c'est là sa nature, le
monde chrétien tout entier a encore à désirer un monument
historique pareil à ceux qui dominent l'ancien monde. »

(Réflexions sur la vérité dans l'Art.)

Il nous semble que ce sont ceux qui traitent l'histoire avec
un tel sans-gêne qu'on peut accuser de commettre un sacrilège.

Fort heureusement, si de pareilles idées ont pu trouver
quelque crédit, aujourd'hui on se montre en général plus
soucieux d'une critique sévère, plus respectueux de la vérité.

Pour notre part, nous voudrions pouvoir contribuer, si
peu que ce ce soit, à barrer la route à l'erreur, à empêcher la
légende de s'installer définitivement dans l'histoire à la
place de la vérité.

Mais il ne faut pas se faire grande illusion sur le succès
d'efforts de cette nature. Telle légende, dont la fausseté est
depuis longtemps démontrée, telle autre, sur laquelle planent
les doutes les mieux motivés, sont à ce point implantées dans
l'esprit du public, tant de fois reproduites dans les livres et
consacrées par les œuvres d'art, qu'elles semblent absolument indéracinables.

Il faut lire encore ce passage de l'éloquente dissertation
d'Alfred de Vigny, citée plus haut, pour comprendre
comment se forment les légendes et comment elles deviennent
indestructibles :

« Examinez de près l'origine de certaines actions, de certains cris héroïques qui s'enfantent on ne sait comment, vous
les verrez sortir tout faits des *on dit* et des murmures de la
foule, sans avoir en eux-mêmes autre chose qu'une ombre de
vérité ; et pourtant ils demeureront historiques à jamais. —
Comme par plaisir et pour se jouer de la postérité, la voix
publique invente des mots sublimes pour les prêter, de leur
vivant même et sous leurs yeux, à des personnages qui, tout
confus, s'en excusent de leur mieux comme ne méritant pas
tant de gloire et ne pouvant porter si haute renommée.
N'importe, on n'admet point leurs réclamations ; qu'ils les
crient, qu'ils les écrivent, qu'ils les publient, qu'ils les signent,

on ne veut pas les écouter ; leurs paroles sont sculptées dans
le bronze, les pauvres gens demeurent historiques et sublimes
malgré eux. Et je ne vois pas que tout cela se soit fait seulement dans les âges de barbarie, cela se passe à présent
encore, et chaque jour accommode l'Histoire de la veille au
gré de l'opinion générale, muse tyrannique et capricieuse
qui conserve l'ensemble et se joue du détail. »

Une note nous fait connaître les mots auxquels de Vigny
pensait en écrivant ces lignes :

« De nos jours, dit-il, un général français n'a-t-il pas nié
le mot qui l'immortalisera ? et si le respect d'un événement
sacré ne me retenait, je rappellerais qu'un prêtre a cru
devoir désavouer publiquement un mot sublime qui restera.
Lorsque je connus tout dernièrement son auteur véritable,
je m'affligeai d'abord de la perte de mon illusion... »

L'auteur de *Cinq-Mars* ajoutait, à l'appui de sa thèse :

« Formé à demi, par la nécessité des temps, un *fait* est
enfoui tout obscur et embarrassé, tout naïf, tout rude, quelquefois mal construit, comme un bloc de marbre non dégrossi ;
les premiers qui le déterrent et le prennent en main le vou-
draient autrement tourné, et le passent à d'autres mains déjà
un peu arrondi ; d'autres le polissent en le faisant circuler ;
en moins de rien il arrive au grand jour devenu statue, et
statue impérissable. Nous nous récrions, les témoins ocu-
laires et auriculaires entassent réfutations sur explications,
les savants fouillent, feuillettent et écrivent ; on ne les écoute
pas plus que les humbles héros qui se renient ; le torrent
coule et emporte le tout sous la forme qu'il lui a plu donner
à ces actions individuelles. Qu'a-t-il fallu pour toute cette
œuvre ? un rien, un mot ; quelquefois le caprice d'un journaliste désœuvré. Et y perdons-nous ? non. Le fait adopté est
toujours mieux composé que la vérité et n'est même adopté
que parce qu'il est plus beau qu'elle ; tant il est vrai que

l'humanité entière a besoin que ses destinées soient pour elles-mêmes une suite de leçons ; que, plus indifférente qu'on ne le pense sur la *réalité des faits*, elle cherche à perfectionner l'événement pour lui donner une grande signification morale... »

Nous souhaitons vivement que notre travail n'ait pas pour effet de répandre le goût des citations et d'en encourager l'abus. Nous sommes d'avis au contraire qu'il ne faut en user qu'avec la plus extrême modération. Le député Barnave, qui fut aussi un lettré, nous semble avoir très justement indiqué dans quelle mesure il convient d'en orner la conversation :

« Des citations bien faites, dit-il dans ses *Études litté-raires*, annoncent l'instruction et brillantent le langage. On réfléchira que lorsqu'elles sont naturelles et amenées par l'occasion, elles produisent cet effet-là ; mais il n'en est pas de même, si elles portent le caractère de l'affectation et qu'on paraisse donner la torture à la conversation pour les y faire arriver juste ; alors on les répute préparées ; on peut croire avec raison qu'elles sont les seules logées dans votre mémoire, et que vous n'êtes dans le fond qu'un ignorant qui a des prétentions et qui donne dans la pédanterie. »

(*Œuvres* de Barnave ; 1843, t. IV, p. 138.)

On trouvera peut-être que, dans cette préface, nous avons nous-même un peu abusé des citations : nous dirons, pour notre défense, qu'elle ne sauraient être mieux à leur place que dans un livre qui leur est spécialement consacré.

Nous ne terminerons pas sans remercier ici les critiques qui ont parlé favorablement de notre premier recueil, et les correspondants qui nous ont adressé d'intéressantes communications.

R. A.

Paris, octobre 1900.

LES MOTS
QUI RESTENT

Nota. — Les articles dont les titres sont suivis de la mention (Supplément.) complètent ou remplacent ceux de la troisième édition du *Musée de la Conversation*.

AFFAIRE.

« A demain les affaires sérieuses ! »

Mot d'Archias, gouverneur de Thèbes en Béotie (IV° siècle avant J.-C.).

Voici comment on le trouve rapporté dans Plutarque :

Au milieu d'un festin, un envoyé d'un autre Archias, grand pontife d'Athènes, lui apporta un message le prévenant qu'un complot était ourdi contre lui. Au lieu d'en prendre aussitôt connaissance, comme le messager l'en priait instamment, « Archias se riant luy respondit : « A demain les affaires » : et, prenant la lettre la meit dessoubz son chevet, puis retourna à continuer le propos qu'il avoit commencé avec Philidas : mais depuis, ceste parole est demourée en usage entre les Grecs, comme un proverbe commun : « A demain les affaires. » (Τὰ σπουδαῖα, plus exactement : les choses sérieuses.)

(Vie de Pélopidas, fin du chap. X. — Trad. Amyot, chap. XX.)

Dans la nuit même, Archias était mis à mort par les conjurés thébains qui, sous la conduite de Pélopidas, délivrèrent ainsi leur cité du joug des Lacédémoniens (379 avant J.-C.).

ALEX. 1

AGE.

Mort avant l'âge.

(Supplément.)

On trouve dans la *Correspondance littéraire* de Grimm, à la date de janvier 1782, ce quatrain facétieux de M. Hardain, probablement le membre de l'Académie d'Arras (1718-1785) :

> Un vieillard de cent ans apprenant le trépas
> De son voisin plus que nonagénaire ;
> Cet homme était, dit-il, trop valétudinaire,
> J'ai prédit qu'il ne vivrait pas.

On voit que, pour décider qu'un homme est « mort avant l'âge », tout dépend du point de vue où l'on se place.

AIGLE.

« L'Aigle volera de clocher en clocher jusqu'aux tours de Notre-Dame. »

Le 1er mars 1815, Napoléon, s'étant enfui de l'île d'Elbe, débarquait au golfe Juan avec une escorte d'un millier d'hommes environ, dans l'espoir, chimérique en apparence, de reprendre possession de l'Empire. Aussitôt que la petite troupe fut à terre, on lui donna lecture d'une proclamation *à l'Armée,* que Napoléon avait fait copier pendant la traversée, d'après les exemplaires déjà imprimés à Porto-Ferrajo.

Dans cette harangue, il engageait les soldats à reprendre leur ancien drapeau, et à se rallier autour du chef qui les avait si souvent conduits à la victoire.

« Son existence, disait-il, ne se compose que de la vôtre... ; son intérêt, son honneur, sa gloire, ne sont autres que votre intérêt, votre honneur et votre gloire. La victoire marchera au pas de charge, l'Aigle, avec les couleurs nationales, volera de clocher en clocher jusqu'aux tours de Notre-Dame : alors vous pourrez montrer avec honneur vos cicatrices ; alors vous pourrez vous vanter de ce que vous aurez fait ; vous serez les libérateurs de la patrie. » (*Moniteur* du 21 mars.)

On sait qu'après une marche triomphale à travers la France, Napoléon venait s'installer aux Tuileries dans la soirée du 20 mars.

ALLER.

« Ça ira. »

La revue *la Révolution française* du 4 juin 1899 contient (p. 513 à 529) une intéressante étude de M. Gustave Isambert sur l'historique du *Ça ira*. Ce travail très consciencieux nous a fourni quelques-uns des éléments du présent article.

Disons d'abord que le *Ça ira* prit naissance au mois de juillet 1790, pendant les travaux de terrassement du Champ de Mars, auxquels s'était associée une grande partie de la population parisienne, afin que tout fût prêt pour la fête de la Fédération du 14 juillet.

La *Chronique de Paris* du 9 juillet contenait ce passage (p. 758) :

« Il n'est point de corporation qui ne veuille contribuer à élever l'autel de la Patrie. Une musique militaire les précède ; leur cri de ralliement est ce refrain si connu d'une chanson nouvelle qu'on appelle le *Carillon national*. Tous chantent à la foi : *Ça ira, ça ira, ça ira*. Oui, *ça ira*, répètent tous ceux qui les entendent. »

Le *Moniteur* du 11 disait à son tour :

« Les différentes corporations de la capitale étaient précédées de musique ou de tambour ; chacune d'elle avait son drapeau, sur lequel on lisait : *Pour la patrie, rien ne nous coûte. Vivre libre ou mourir. Les esclaves du despotisme sont entourés des enfants de la liberté. Ça ira*, refrain d'une chanson patriotique et populaire. »

Ce n'était pourtant pas encore, paraît-il, une chanson au vrai sens du mot, mais un refrain auquel chacun joignait des paroles selon sa fantaisie, sur un air de contredanse du musicien Bécourt.

Un chanteur des rues, Ladré, recueillant peut-être quelques couplets qu'il avait entendus, en ajoutant d'autres de sa façon, écrivit les paroles les plus connues de cette chanson. Ils furent gravés dans un recueil du temps, intitulé : *Révolutions lyriques ou le Triomphe de la liberté française.*

Le n° 4 de cette collection a pour titre : *Ah ! ça ira, Dictom* (sic) *populaire,* air de la nouvelle contredanse *le Carillon national.*

D'après Dumersan (1780-1849), ces couplets ont été faits le matin même du 14 juillet, au Champ de Mars, pendant une averse, et il en donne comme preuve le couplet suivant, où il est fait allusion à ce contretemps :

> Ah ! ça ira, ça ira, ça ira,
> En dépit d'z'aristocrat' et d'la pluie ;
> Ah ! ça ira, ça ira. ça ira,
> Nous nous mouillerons, mais ça finira.
> Ah ! ça tiendra, ça tiendra, ça tiendra,
> Et dans deux mille ans on s'en souviendra.

(*Chansons nationales et républicaines,* in-32, p. 89.)

Les paroles du refrain étaient, dit-on, un souvenir

de la réponse que faisait Franklin, pendant son séjour à Paris (1776-1785), aux questions qu'on lui adressait sur les événements d'Amérique.

Anacharsis Cloots écrivait, dans la *Chronique de Paris* du 4 mai 1792 (p. 499) :

« Les Américains commencèrent par être battus à Bunkershill ; et nonobstant cela, l'armée anglaise fut chassée de Boston. Les meilleurs troupes de l'Allemagne et de l'Angleterre ne purent subjuguer un peuple pauvre et clairsemé, un peuple entouré de sauvages et de nègres...

» Nous en témoignâmes nos inquiétudes au sage Franklin ; ce grand homme répondoit à toutes nos objections avec une sérénité admirable. L'Amérique, disoit-il, est travaillée par une foule d'aristocrates ; mais, en dépit de la cabale intérieure et extérieure, *ça ira*. Et Franklin répétoit toujours *ça ira*. Plusieurs de nos révolutionnaires se sont rappelé le tic du législateur de la Delaware ; et c'est ce qui a donné lieu à notre chanson patriotique, à notre *ranz des vaches*. Vive le congrès ! Vive l'Assemblée nationale ! ça ira, ça ira. »

M. A. Granier de Cassagnac, dans son *Histoire des Girondins et des massacres de septembre* (1860, t. I, p. 372), cite le *Ça ira* comme une des trois chansons ou hymnes les plus populaires des premiers temps de la Révolution.

« Trois choses sont hors de doute, dit-il, quant au *Ça ira* : la première, que cette chanson fut composée sur ce mot de Franklin au sujet de la Révolution, mot qui eût un succès immense : *Ça ira, ça tiendra* ; la seconde, qu'elle fut faite vers la fin de 1789, après les pendaisons exécutées par la populace, à la lanterne de la place de Grève ; la troisième, qu'elle eut pour auteur un chansonnier ambulant, nommé Ladré. »

Malgré l'assertion de cet historien, le *Ça ira* ne doit

pas être antérieur à juillet 1790. Du moins n'en a-t-on retrouvé aucune trace avant cette époque.

Quant au couplet révolutionnaire que l'on cite souvent, on ne le voit figurer dans aucune des versions connues du *Ça ira*.

« Quelques-uns, dit Dumersan dans le recueil cité plus haut (p. 77), ajoutèrent de sinistres paroles que je n'ai jamais vues imprimées, mais qu'à cette époque j'ai entendu chanter dans les rues et les promenades :

> Ah ! ça ira, ça ira, ça ira,
> Les aristocrates à la lanterne ;
> Ah ! ça ira, ça ira, ça ira,
> Les aristocrates on les pendra ;
> Et quand on les aura tous pendus,
> On leur fich'ra la pelle au c...

» C'est tout ce que je me rappelle de cette brutale improvisation. »

M. Isambert n'a pu retrouver qu'un lambeau de ce couplet, dans un certain Dictionnaire laconique, imprimé en 1791.

Toutefois, il est certain que le cri sinistre « à la lanterne ! » remonte à 1789. On l'entendit souvent retentir dans les journées des 5 et 6 octobre, et il dut prendre naissance lors des pendaisons qui furent faites dès le mois de juillet au fameux réverbère de l'épicier Delanoue, au coin de la place de Grève et de la rue de la Vannerie.

ALPHONSE.

Alphonse.

(Supplément.

M. René de Pont-Jest a raconté gaiement, dans la *Revue du Palais* du 1er octobre 1898, comment, sans lui, la pièce de Dumas fils se serait appelée non pas *Monsieur Alphonse*, mais *Monsieur Jules* (*Souvenirs judiciaires*, p. 653).

Un jour que tous deux se rendaient à une des premières audiences du procès Bazaine, Dumas lui exposa le sujet de sa comédie. Il paraissait enchanté du nom de Jules, qu'il avait choisi pour son héros. M. de Pont-Jest commença par trouver ce choix excellent, puis, se ravisant tout à coup : « Mais non, au contraire, dit-il, ce nom est impossible. — Pourquoi donc ? — Parce que, de même que Rome a eu l'ère des Césars, nous avons, nous, l'ère des Jules, nous y sommes en plein : Jules Grévy, Jules Simon, Jules Ferry, Jules Favre. C'est un nom sacré. » Dumas se rendit à l'évidence et renonça définitivement à Jules.

AN.

Cédez-moi vos vingt ans si vous n'en faites rien.

Charles Joseph Lacretelle, dit Lacretelle jeune (1776-1855), lorsque l'âge l'eut obligé à renoncer à l'enseignement public, adressa à la jeunesse l'exposé des convictions de sa vie dans un livre qu'il intitula : *Testament philosophique* (Paris, 1840).

Parmi les dix pièces de vers qui terminent l'ouvrage, figure son *Discours en vers sur les faux chagrins*, daté de 1835, où il s'élève avec éloquence contre « la mode d'être triste » et même un peu poitrinaire, qui sévissait alors chez certains jeunes gens, et se faisait remarquer surtout dans les soirées mondaines :

> Où fuir de vos accords les ennuis solennels,
> Fanfarons de chagrins et pleureurs éternels ?

Quel vent vous a soufflé dans des lieux pleins de charmes
Un nuage de spleen chargé de grosses larmes...
Un bal brillant s'annonce... ah ! mon ennui redouble
Quand de pénitents noirs une procession
Marche la contredanse avec componction...
Sur mes cheveux blanchis l'illusion voltige,
Et je dis aux danseurs d'un si grave maintien :
Cédez-moi vos vingt ans si vous n'en faites rien.

(Tome II, p. 349, v. 46.)

Louis Véron, dans les *Mémoires d'un bourgeois de Paris* (1853, t. I, p. 204), a rappelé cette spirituelle riposte d'Ancelot à Lacretelle :

Mais, quand vous les aviez, vous en serviez-vous bien ?

ANGLAIS.

**Guerre aux tyrans ! Jamais en France,
Jamais l'Anglais ne règnera !**

Charles VI, opéra en 5 actes, de Casimir et Germain Delavigne, musique d'Halévy, représenté à l'Académie royale de musique, le 17 mars 1843.

Refrain du *Chant national* du vieux soldat Raymond (acte III, scène i) :

La France a l'horreur du servage,
Et, si grand que soit le danger,
Plus grand encore est son courage
Quand il faut chasser l'étranger,
Vienne le jour de délivrance,
Des cœurs ce vieux cri sortira :
Guerre aux tyrans ! Jamais en France,
Jamais l'Anglais ne règnera.

APPRENDRE.

« Ils n'ont rien appris ni rien oublié. »

On prétend que M. de Talleyrand qualifiait ainsi les émigrés : « des gens qui n'ont rien appris ni rien oublié depuis trente ans. » MM. Henri de Latouche et Amédée Pichot ont recueilli ce propos dans l'*Album perdu* (1829, p. 147).

Il n'y avait là, comme on l'a souvent fait remarquer, qu'un souvenir de ce passage d'une lettre adressée de Londres, en 1796, par le chevalier de Panat, officier de marine français, à Mallet Du Pan :

« Vous nous parlez souvent, disait-il, de la folie de Vérone. Hélas ! mon cher ami, cette folie est générale et incurable. Combien vous vous trompez en croyant qu'il y a un peu de raison dans la cour du frère ! Nous voyons tout cela de près et nous gémissons : personne n'a su ni rien oublier, ni rien apprendre. »

(*Mémoires et correspondance* de Mallet Du Pan, 1851, t. II, p. 196.)

On sait que les royalistes avaient alors, outre l'armée de Condé, deux grands foyers d'intrigues, l'un à Vérone, où Monsieur, conservant toujours ses illusions, s'était fait proclamer roi sous le nom de Louis XVIII ; un autre à Londres, où son frère, le comte d'Artois, décourageait par ses maladresses ses amis de France et de l'étranger.

ARGENT.

Le temps est de l'argent.

Traduction du proverbe anglais : *Time is money*, qui caractérise assez exactement l'activité dévorante des peuples anglais et américain.

On rencontre déjà cette maxime dans un écrit de Benjamin Franklin (1706-1790) intitulé : *Conseils à un jeune artisan, écrits en 1748.*

« N'oubliez pas, disait ce sage, que le *temps* est de l'argent (remember, that *time* is money). Celui qui dans un jour peut gagner dix schellings par son travail et qui va se promener ou qui reste oisif la moitié de la journée, quoiqu'il ne dépense que six sous durant le temps de sa promenade ou de son oisiveté, ne doit pas compter cette seule dépense ; il a réellement dépensé ou plutôt prodigué cinq schellings de plus.

» N'oubliez pas que le *crédit* est de l'argent... »
(*The Works of B. Franklin,* Boston, t. I, 1840, p. 87.)

Il est difficile d'affirmer que Franklin ait été le premier à formuler cette maxime, mais assurément ce genre de création était tout à fait conforme à la nature de son génie.

« Franklin, écrivait Sainte–Beuve dans ses *Lundis* (3ᵉ éd., t. VII, p. 146), avait naturellement ce don populaire de penser en proverbes, et de parler en apologues et paraboles. »

On a cru trouver l'idée première de ce proverbe dans une parole que Diogène Laërce prête à Théophraste (liv. V, chap. II, 40) :

πολυτελὲς ἀνάλωμα εἶναι τὸν χρόνον.

(Le temps est ce qu'on dépense de plus précieux.)

François Bacon, au chapitre XXV de ses *Essais* (1597), a fait aussi ce rapprochement entre le temps et l'argent :

« Time is the measure of business, as money is of wares. » (Le temps est la mesure des affaires, comme l'argent est la mesure des marchandises.)

Franklin a écrit encore, dans *le Chemin de la fortune ou la Science du bonhomme Richard* (1757) :

« Ne prodiguez pas le temps, car c'est l'étoffe dont la vie est faite.

» Si le temps est la plus précieuse de toutes les choses, prodiguer le temps doit être la plus grande des prodigalités. »

ARRÊT.

La Cour rend des arrêts et non pas des services.

Ce mot, dont le souvenir reparaît volontiers dans les procès qui touchent à la politique, remonte à la fin de la Restauration.

M. Dupin aîné, plaidant pour *le Constitutionnel* devant la Cour de Paris, le 26 novembre 1825, y faisait allusion en ces termes dans sa brillante péroraison :

« Ne vous inquiétez pas, disait-il aux magistrats, de ce que voudront les ministres actuels et leurs prochains successeurs ; continuez à faire dire de la Cour ce que la Cour a dit d'elle-même : qu'elle *rend des arrêts et non pas des services ;* ou, pour mieux dire, vous rendrez à l'État le service le plus signalé... »

(*Procès du Constitutionnel et du Courrier,* 1826, p. 135.)

La Cour était alors présidée par le baron Séguier, et c'est à lui que le mot a été attribué.

D'après une communication adressée au *Courrier de Vaugelas* (15 novembre 1886) par le petit-fils du président Séguier, celui-ci l'aurait dit un jour à un personnage influent venu pour le solliciter au sujet d'une affaire purement civile.

La formule créée par le président Séguier, appliquée en matière politique, devait fournir aux avocats de précieux effets oratoires.

Le 30 novembre 1864, le célèbre Berryer, défendant Jules Ferry dans l'affaire du comité électoral des *Treize*, s'écriait devant la Cour :

« Messieurs, permettez-moi de vous rappeler un glorieux souvenir de la magistrature qui commande le respect dont nous nous efforçons toujours de l'entourer.

» Il y a quarante ans, dans la salle de la première chambre de la Cour de Paris, en face du premier président Séguier, on lisait cette inscription : « La » Cour rend des arrêts, et non pas des services. »

ART.

L'art pour l'art.

Cette formule, dont le sens vague et incertain prête à l'équivoque, offre un excellent terrain de controverse aux amateurs d'interminables discussions.

Elle peut recevoir, en effet, diverses interprétations, selon le sens que l'on attribue au mot ART : soit qu'on veuille le confondre avec la recherche du beau, ou qu'on lui donne, avec l'Académie (1878) la signification de : « Méthode pour faire un ouvrage, pour exécuter quelque chose selon certaines règles. »

De toutes façons, qu'on la prenne en bonne ou en mauvaise part, la formule « l'art pour l'art » signifie toujours la préoccupation du procédé pour lui-même, sans aucune intention de persuader, d'instruire ou de moraliser.

Considérée au point de vue historique, elle paraît avoir été énoncée pour la première fois par Victor Cousin (1792-1867), dans le cours de philosophie qu'il professa à la Sorbonne en 1818.

Voici comment il s'exprimait dans sa vingt-deuxième

leçon, combattant une théorie qui tend à confondre le beau avec la religion et la morale :

« La religion et la morale sont ce qu'il y a de plus élevé ; il ne faut donc les mettre au service d'aucune autre chose que d'elles-mêmes, ni surtout au service de l'intérêt. Il faut de la religion pour la religion, de la morale pour la morale, de l'art pour l'art. Le bien et le saint ne peuvent être la route de l'utile, ni même du beau. »

(Paris, 1836, p. 224.)

On voit que le jeune professeur prenait ici le mot *art* dans sa plus noble acception, n'ayant en vue que de séparer le bien du beau.

« C'est là d'abord et seulement là, nous dit M. Alfred Michiels, que se trouve formulé dans notre langue, et d'une manière un peu étendue, le système de l'art pour l'art. Cette locution même appartient au savant philosophe, car on peut exprimer de plusieurs façons que l'art est à lui-même son propre but et ne doit jamais devenir un moyen. »

(*Histoire des idées littéraires en France au XIX* siècle. Paris, Dentu, 1863, t. II, p. 112.)

Rodolphe Tœpffer, ce délicat penseur, a consacré quelques pages de ses charmantes *Réflexions et menus propos d'un peintre Génevois* (1840 environ), à réfuter la doctrine de l'art pour l'art. Un de ses chapitres a pour titre : « *D'une absurdité intitulée :* L'ART POUR L'ART. »

Il avait écrit quelques lignes plus haut :

« Dire *le beau pour le beau*, ce serait à notre avis lui avoir assigné les expressions que son vrai sens comporte : car si l'art n'est pas le beau, mais seulement la langue du beau, dire *l'art pour l'art*, c'est dire d'aussi près que possible, la langue pour la langue, ou les images pour les images, ou le style pour le style, ou, en termes plus clairs, *la forme pour la forme*. »

Il voit dans ces cinq mots « la formule dernière de l'art matérialisé à son plus haut degré. » Il dit encore :

« *L'art pour l'art* ! C'est donc à dire le vase, non plus pour contenir, mais le vase pour les frises et pour les moulures du vase ! La statue non pas pour exprimer au moyen du marbre un sentiment vivant, une passion forte, une pensée gracieuse ou tendre, mais pour les élégances du contour, pour les finesses du modelé, pour le ténu, ou le gigantesque, ou le hardi, ou le neuf des formes en elles-mêmes ! Le drame, non pas pour produire à la lumière, au moyen d'une action composée à cet effet, les secrets détours, les replis cachés du cœur, les égarements, les souplesses, les épouvantes, les transports ou la vaillance de l'âme humaine aux prises avec la destinée... mais pour les combinaisons de l'intrigue,... pour le vers autrement coupé, etc. »

Tœpffer visait ici les écoles nouvelles qui, aux environs de 1830, opposaient, en littérature, le romantique au classique, et, en peinture, l'éclat de la couleur à la pureté du dessin.

On a effectivement voulu faire de « l'art pour l'art » l'étiquette de l'école romantique, et cela ne paraît pas tout à fait juste. Les chefs-d'œuvre que ses principaux représentants nous ont laissés ne permettent guère d'affirmer qu'ils ont sacrifié systématiquement le fond à la forme.

Nous pensons que cette formule peut être, au contraire, appliquée en toute justice, à ce petit groupe d'esthètes, poètes ou artistes, qui se sont fait appeler, il y a une vingtaine d'années, les « décadents » ou les « impressionnistes », et à ceux qui aujourd'hui se piquent de posséder « l'écriture artiste ».

Parmi les plus brillants adeptes de *l'art pour l'art*, il convient de citer Flaubert. M. Paul Bourget, analysant les caractères distinctifs de son œuvre, lui consacrait ces lignes dans ses *Essais de psychologie* (1883, p. 158) :

« Flaubert a sa place marquée parmi les esprits qui dédaignent toute influence pratique et sociale de leurs compositions. C'est l'école désignée sous le nom d'école de *l'art pour l'art*... « L'art, a-t-il écrit, ayant sa » propre raison en lui-même, ne doit pas être consi- » déré comme un moyen.... »

Nous citerons enfin l'opinion, diamétralement opposée, d'un écrivain de talent, qui, d'autre part, se rapprochait de Flaubert par son mépris pour « le bourgeois » : Jules Vallès. Dans un article de *l'Éclair* du 18 janvier 1898, M. Émile Bergerat lui prêtait ce propos :

« — Oh ! l'art pour l'art ! Oh ! les plastiques et le vers beau pour lui-même, et la ligne que le mouvement dérange !... Qu'est-ce qu'un vase où l'on ne peut mettre son liquide, huile ou vin ? Étrusque ou chinois, peint, doré ou ciselé, j'y veux une bouteille. La place d'une bouteille est-elle sur une cheminée ? Les anciens, clamait-il, les anciens avaient l'amphore, nous avons le litre ! Et c'est très beau, le litre, ça vit, ça parle et c'est pratique ! Montrez-moi dans une collection d'étains quelque chose de plus joli, de plus élégant même, oui, de plus élégant en sa juste mesure que le canon des mannezingues ! Avant cinquante ans d'ici, bourgeois, vous le flanquerez sur vos étagères ! »

Ne retrouvons-nous pas ici, sous une forme un peu plus rude, l'idée que nous signalions tout à l'heure chez l'aimable philosophe génevois ?

ASSASSIN.

Que messieurs les assassins commencent !
(Supplément.)

On trouve dans la suite des *Guêpes*, à la date du 31

janvier 1849, le passage suivant qui contient le fameux mot de M. Karr :

   « On a voulu assurer aux Français en toute situation la sécurité de n'avoir à répondre qu'aux lois du pays, — sans qu'elles puissent jamais être modifiées par les passions ; la loi du pays tue ceux qui ont tué. — Si l'on veut abolir la peine de mort en ce cas, que MM. les assassins commencent, qu'ils ne tuent pas, on 'ne les tuera pas. »

   (*Les Guêpes, histoire satirique de notre temps,* par Alphonse Karr, 10ᵉ année, p. 92.)

AUVERGNE.

« A moi, Auvergne, ce sont les ennemis ! »

   Une légende, qui tend à perdre de son crédit, veut que, dans la nuit du 15 au 16 octobre 1760, avant la bataille de Clostercamp (couvent de Campen, Prusse rhénane), le chevalier d'Assas, officier au régiment d'Auvergne, chargé de faire une reconnaissance, et se trouvant inopinément entouré d'Anglais, ait donné le signal d'alarme en s'écriant : « A moi, Auvergne, ce sont les ennemis ! » C'était son arrêt de mort : il tomba criblé de coups de baïonnettes.

   Cette version, mise en circulation par Voltaire, a été soumise à une critique sévère, d'abord dans quelques pages de l'*Esprit dans l'histoire,* d'Édouard Fournier, puis dans une étude beaucoup plus approfondie de M. Jules Loiseleur, publiée dans la *Revue des questions historiques* (1ᵉʳ juillet 1872, p. 123).

   Ces deux auteurs ont déjà signalé la plupart des documents dont nous allons parler.

   Voltaire, qui, par une singulière inadvertance, place cet épisode au 15 octobre 1758, n'en avait pas dit un mot dans la première édition de son *Précis du siècle de Louis XV* (1768). Ce n'est que dans l'édition in-4° de 1769 que, sur une lettre de réclamation du chevalier de Lorry, lieutenant-colonel (ou major) au régiment d'Auvergne, lettre insérée dans le *Mercure de France* d'avril 1769 (p. 170 du 1er vol.), il se décida à raconter l'anecdote. (Tome XII de la *Collection complète* de ses *Œuvres*, Genève, 1769, p. 351.)

Cependant, des protestations ne tardèrent pas à se produire. Elles furent adressées directement à Voltaire, comme l'indique sa réponse au comte de Schomberg, en date du 31 octobre 1769. Il n'en tint toutefois aucun compte, et se contenta d'en éprouver « des remords ».

D'après certains témoignages recueillis dans les *Nouveaux mémoires secrets et inédits* de Grimm (1834, t. I, p. 188), ouvrage notoirement apocryphe, et qui ne fait d'ailleurs que reproduire à peu près la version de Lombard de Langres, ce serait, non pas le chevalier d'Assas, mais un sergent de sa compagnie, nommé Dubois, qui se trouvait à ses côtés, qui aurait poussé le premier cri d'alarme. Lombard de Langres affirme le fait sur la foi de son père, qui aurait entendu Dubois crier, et d'Assas, blessé grièvement, dire à ceux qui l'emportaient : « Enfants, ce n'est pas moi, c'est Dubois qui a crié. » (*Mémoires anecdotiques*, 1823, liv. I, chap. x.)

Il est toutefois fort douteux que l'un ou l'autre de ces deux braves soldats se soit trouvé dans la nécessité de sacrifier sa vie pour sauver le reste du régiment. On s'appuie, pour le contester, sur le récit du comte de Rochambeau, colonel au régiment d'Auvergne, bien placé par conséquent pour connaître la vérité sur l'affaire de Clostercamp, et qui d'ailleurs, ayant créé lui-même la compagnie de chasseurs dont faisaient partie d'Assas et Dubois, n'aurait pas manqué de faire valoir un trait d'héroïsme dont il aurait lui-même recueilli quelque honneur.

Or, d'après ses *Mémoires,* publiés en 1809, deux ans après sa mort, voici comment les choses se seraient passées (t. I, p. 162) :

Rochambeau, averti de la présence de l'ennemi, est violemment attaqué une heure avant le jour. Il ordonne aux grenadiers et aux chasseurs de faire feu et de tenir à leur poste jusqu'à la mort. D'Assas, placé à l'extrémité de l'aile gauche, est attaqué et se défend vigoureusement. Un officier lui crie qu'il se trompe et tire sur ses propres troupes. Il sort du rang pour se rendre compte de l'exacte position des Anglais, et crie : « Tirez, chasseurs, ce sont les ennemis ! » Il tombe aussitôt percé de coups.

Cette version, bien qu'elle fasse le plus grand honneur à la vaillance du chevalier, est, on le voit, sensiblement différente de celle qui le représente comme allant explorer le terrain avant le combat, et se vouant à une mort certaine.

BEAUTÉ.

La beauté passe, mais la laideur reste.

Cette pensée très consolante, dont l'auteur, hélas ! nous est inconnu, n'est pas d'une vérité aussi incontestable qu'on serait tenté de le croire. Il arrive que la laideur s'atténue avec les années, et nous avons connu un homme d'esprit qui disait d'une vieille dame : « Comme elle a dû être laide ! »

Dans *l'Esprit des femmes et les femmes d'esprit* (Bruxelles, 1851), M. P.-J. Stahl citait cette spirituelle observation, parmi les *Opinions* de son ami Jacques :

« Quoi qu'en aient dit Balzac et la chanson, il y a un âge où la laideur passe comme le reste : c'est l'âge où les femmes qui ont été jolies cessent de l'être et où celles qui ont été laides commencent à oser dire qu'elles ont été jolies. » (Édit. Hetzel, p. 80.)

BERTRAND.

« Un instant, Bertrand ! »

On nous affirme, — mais il serait peut-être difficile de le prouver, — que cette plaisanterie aurait pris naissance aux représentations des *Rendez-vous bourgeois*, le charmant opéra-comique d'Hoffmann, musique de Nicolo, représenté le 9 mai 1807.

On ne trouve rien de semblable dans la pièce imprimée, mais il est de tradition que le papa Dugravier, dans la scène où il se croit assailli par des voleurs, adresse cette apostrophe à son fidèle serviteur Bertrand.

BIEN.

J'ai fait un peu de bien ; c'est mon meilleur ouvrage.

Épître de Voltaire *A Horace*, écrite en 1772 ; vers 67.

Le poète, alors âgé de 78 ans, vante le charme de sa retraite à Ferney :

> Ma retraite et mon âge ont fait ma sûreté...
> Mes sages voluptés n'ont point de repentir.
> J'ai fait un peu de bien ; c'est mon meilleur ouvrage.

BLESSÉ.

L'éternelle blessée.

Dans son étude sur *l'Amour*, Michelet écrivait :

« Quinze ou vingt jours sur vingt-huit (on peut presque dire toujours) la femme n'est pas seulement une malade, mais une blessée. Elle subit incessamment *l'éternelle blessure* d'amour. »

(5ᵐᵉ édit., Hachette, 1861, p. 57.)

Au chapitre II, intitulé : *La femme est une malade*, il ajoutait, en s'appuyant sur plusieurs autorités médicales (p. 441, note 3) :

« C'est une personne malade, ou, pour parler plus exactement encore, une personne *blessée* chaque mois, qui souffre presque constamment et de la blessure et de la cicatrisation. »

S'inspirant du mot de Michelet, M. Vigné d'Octon, homme de lettres et député, a publié chez Lemerre, en 1891, sous le titre : *l'Éternelle blessée*, un roman dont les mères feront bien de déconseiller la lecture à leurs filles, et dont il ne restera probablement qu'une heureuse expression. C'est déjà quelque chose !

BLOND.

Délicat et blond.

On rencontre encore quelques personnes (heureusement assez rares), qui ne peuvent entendre dire : « C'est délicat », sans éprouver le besoin d'ajouter : « et blond ».

Voici l'explication de ce phénomène :

Il existait dans l'ancien langage français une expression, aujourd'hui hors d'usage, dont voici quelques exemples :

« Pour la mine, il l'a telle quelle, et surtout il est *délicat et blond comme un pruneau relavé.* »

(Montluc, *la Comédie de Proverbes* (1616), acte Ier, scène VII, rôle de Florinde.)

Dans les *Curiositez françoises*, d'Antoine Oudin (1656), on lit au mot *pruneau* :

« Délicat et blond comme un pruneau (grossier). »

Le *Dictionnaire de l'Académie* de 1694 (1re édit.) inscrit au même mot :

« On dit d'Une personne qui a le teint extrêmement brun, que *C'est* un pruneau relavé. »

Et dans le *Dictionnaire universel* de Furetière (La Haye, 1727), nous trouvons ces lignes :

« On dit ironiquement d'une fille ou d'une femme qui a le teint extrêmement brun que c'est un petit pruneau, qu'elle est blanche comme un pruneau relavé. »

Il ne nous est resté de cette locution familière qu'un débris informe qui pour nous n'a plus aucun sens.

BOUSINGOT.

Bousingot.

(Supplément.)

Nous avons dit que Léon Gozlan passait pour être l'inventeur de ce sobriquet.

La série d'articles anonymes qu'il écrivit contre ces aimables farceurs parut dans le *Figaro* au commencement de l'année 1832.

Une première attaque (n° du 1er février), portait simplement ce titre : *Les chapeaux cirés.* Il y raillait cette ridicule coiffure :

« Nous comprenons très bien, disait-il, la *croix*

rouge des Bourguignons (et il énumérait divers signes de ralliement) ;

» Mais nous ne comprenons pas les chapeaux cirés. Que signifie, s'il vous plaît, un chapeau ciré ?

» Qu'avons-nous reconnu dans ce meuble de tête d'assez mauvais goût ? D'honnêtes commis, d'estimables oisifs, des Guelfes du Colisée d'hiver, des Gibelins du bal d'Italie... »

Un second article, du 7 février, intitulé *Le Bousingot*, débutait ainsi :

« Le Bousingot, c'est le chapeau ciré.

» Le bousingot ou le chapeau ciré existe ordinairement de dix-huit à vingt-trois ans ; il a encore un an de droit à finir pour retourner dans son pays et changer d'opinion. Il reporte ordinairement le luxe de son costume et de ses manières, dans l'excroissance de sa barbe et de ses favoris ; il est tout cuir, poil, loutre et républicain. »

·Puis venait une charge à fond de train contre les opinions subversives du bousingot, résumées dans la fameuse formule : *il n'y a plus rien.*

Il ne se passait pas de semaine sans quelque nouvelle provocation.

Paraissent successivement : le 13 février, la *Biographie du bousingot* ; le 18, *Le bousingot père de famille* ; le 26, *Banquet des bousingots* ; le 28, *Comment on fait un bousingot* ; le 16 mars, *La femme du bousingot.*

Enfin, le 23 mars, paraît *Le bousingot rouge*, où il est dit :

« Après avoir usé le chapeau de cuir verni et le large ruban bleu, il vient d'adopter le chapeau rouge...

» Pourquoi l'ont-ils pris rouge ? c'est que le rouge c'est la couleur du sang, le sang leur couleur, leurs principes... »

C'en était trop. L'indignation de ces messieurs fut, paraît-il, à son comble. Nous lisons effectivement dans le numéro du 25 mars, sous le titre : *Siège du Figaro par les bousingots roses :*

« Hier, à une heure de relevée, un fiacre de pacifique apparence s'est arrêté à la grille de notre journal. » (Les bureaux du *Figaro* étaient alors 12, cité Bergère.)

Cinq bousingots roses sortirent du mystérieux véhicule. Ils demandèrent à parler au directeur et voulurent connaître le nom de l'auteur de l'article en question. Il en résulta une explication des plus vives avec le rédacteur en chef et même, nous l'avons vu, un combat sanglant.

Ce dénouement tragique n'empêcha pas les attaques contre les bousingots de se prolonger encore pendant plusieurs mois.

BOUTON.

« **Nous sommes archiprêts ; il ne manque
pas un bouton de guêtre.** »

Ce mot, auquel nos désastres de 1870 devaient infliger un si cruel démenti, nous reporte à cette triste époque où le second empire, aveuglé par ses illusions, précipita la France dans la plus terrible des aventures.

On se souvient de la séance du 15 juillet 1870, où M. Émile Ollivier annonça au Corps législatif que la guerre venait d'être déclarée, et où M. Thiers fit entendre ces paroles prophétiques :

« Je suis certain qu'il y aura des jours où vous regretterez votre précipitation. »

Mots qui lui valurent cette violente apostrophe du marquis de Piré :

« Vous êtes la trompette antipatriotique de la défaite. »

(*Moniteur* du 16 juillet, p. 1260, col. 3.)

Après une suspension pendant laquelle la Chambre se retira dans ses bureaux pour délibérer sur une demande de crédits, la séance fut reprise le soir à 8 h. 1/2. M. le marquis de Talhouët, rapporteur de la commission, s'exprima en ces termes :

« M. le Ministre de la guerre nous a justifié en peu de mots l'urgence des crédits demandés et ses explications catégoriques... nous montraient qu'inspirées par une sage prévoyance, les deux administrations de la guerre et de la marine se trouvaient en état de faire face avec une promptitude remarquable aux nécessités de la situation. »

Ce dut être en cette circonstance que le maréchal Le Bœuf, ministre de la guerre, prononça, soit devant la commission, soit dans les couloirs de la Chambre, les fameuses paroles qu'on a si souvent rappelées et que nous n'avons pas trouvées au *Moniteur*.

M. le général Du Barrail, recherchant les responsabilités dans la guerre de 1870, en attribue une petite part au maréchal Le Bœuf. « Certes, dit-il, je ne lui reproche pas d'avoir dit devant la Chambre : « Nous » sommes prêts et archiprêts. La guerre dût-elle durer » deux ans, il ne manquerait pas un bouton de guêtre à » nos soldats. » Là, il ne pouvait parler autrement. » M. Du Barrail ajoute qu'il n'aurait pas dû tenir le même langage devant ses collègues.

(*Mes souvenirs*, t. III, 1896, p. 148.)

BRILLER.

Briller par son absence.

A propos de la mort de Junie, nièce de Caton, veuve de C. Cassius et sœur de M. Brutus, Tacite rapporte qu'à ses funérailles on fit exposer les images de vingt familles illustres. Il ajoute : « Sed præfulgebant Cassius atque Brutus, eo ipso, quod effigies eorum non videbantur. » (*Annales*, livre III, chap. LXXVI.)

L'expression « briller par son absence » est un souvenir de ce passage.

Dans sa tragédie de *Tibère*, jouée au Théâtre-Français en décembre 1819, Marie-Joseph Chénier a fait dire à Cneius, racontant les funérailles de Junie :

> Devant l'urne funèbre on portait ses aïeux :
> Entre tous les héros qui, présents a nos yeux,
> Provoquaient la douleur et la reconnaissance,
> Brutus et Cassius brillaient par leur absence.

> (Acte Ier, scène Ire.)

Lorsque les jésuites, ennemis de Pascal et d'Arnauld, firent enlever leurs éloges et leurs portraits du livre des *Hommes illustres* de Ch. Perrault (1696-1701), on ne manqua pas de rappeler la fameuse phrase de Tacite. (Voy. le *Dictionnaire historique et critique* de Bayle : art. ARNAULD.)

BRULER.

« Adore ce que tu as brûlé, brûle ce que tu as adoré. »

Le roi Clovis fut baptisé à Reims le 25 décembre 496. Saint Remi, en lui conférant ce sacrement, lui adressa ces célèbres paroles qui nous ont été transmises par Grégoire de Tours dans son *Historia Francorum* (livre II, chap. XXXI) :

« *Mitis depone colla, Sicamber : adora quod incendisti, incende quod adorasti.* » (Éd. de la Société de l'Histoire de France, 1836, t. 1, p. 218.)
« *Courbe humblement la tête, Sicambre : adore ce que tu as brûlé, etc.* »

On voit que la traduction classique : « *Courbe ton front, fier Sicambre...* » n'est pas d'une exactitude rigoureuse. On peut toutefois la justifier en considérant que la phrase, qui exprime l'humilité présente de Clovis, contient une allusion à sa fierté d'autrefois.

Mézeray, dans son *Histoire de France*, 6ᵉ livre, a donné cette autre traduction. relativement satisfaisante :

« Dépose ta fierté, Sicambre... »

CAPITAL.

« Écorner son capital. »

Assimiler l'honneur des filles à une richesse, à un capital, est une comparaison qui se présente assez naturellement à l'esprit, dont on s'est souvent servi, et peut-être doit-on renoncer à découvrir l'écrivain qui l'a le plus anciennement employée. Nous rappellerons seulement que l'expression « écorner son capital » et ses nombreuses variantes, étaient devenues fort à la mode à la suite de la publication, dans *l'Opinion nationale* du 8 octobre 1875, d'une lettre de M. Alexandre Dumas fils relative à l'affaire Marambat.

Voici en peu de mots de quoi il s'agissait :

Le jeune Henri Robert avait séduit et rendu mère Mlle Jeanne Marambat. M. Marambat père, après l'avoir

inutilement sommé de réparer ses torts par le mariage,
avait tué le séducteur (30 septembre). Le 4 octobre, cette
tragique histoire avait été rapportée dans le journal de
M. Guéroult, par M. Alfred Delilia.

Alexandre Dumas, en moraliste d'une parfaite droi-
ture, prenait chaudement la défense du malheureux
père. Trois ans auparavant, dans une brochure célèbre,
il avait crié au mari trompé : « Tue-la ! » Cette fois,
se faisant le porte-parole de tous les gens de cœur, il
disait au père de famille outragé : « Tue-le ! », soute-
nant cette thèse que, la loi étant impuissante à le pro-
téger, il avait le devoir de se faire justice lui-même.

« Une propriété, disait-il, et un capital doivent-ils
être protégés par une loi ?
» Oui.
» L'honneur d'une fille est-il une propriété et sa virginité est-elle un capital ?
» Oui.
» Propriété d'une telle importance, capital d'une telle
valeur, que quand cette propriété a été aliénée ou déro-
bée, que quand ce capital a été dispersé et détruit, il
n'y a rien, absolument rien, dans tout l'univers, qui
puisse les remplacer. »

« Obtenez, dit-il encore, qu'il y ait une loi à peu près
conçue en ces termes :
» La virginité des filles est un capital.
» Tout homme qui sera convaincu de s'être, par
n'importe quel autre moyen que le mariage, approprié
ce capital,... sera condamné à des dommages-intérêts... »

La lettre de M. Dumas fils a été rééditée en 1879,
dans la 3e série de ses *Entr'actes*.

CAPITOLE.

« Il est peu de distance du Capitole à la roche Tarpéienne. »

Le 22 mai 1790, à l'Assemblée nationale, à la fin

d'une discussion sur cette question : *La nation délé-
guera-t-elle au roi l'exercice du droit de paix et de
guerre ?* Mirabeau, répondant surtout à Barnave, que le
peuple venait d'acclamer, prononça un éloquent discours
qui contenait ce passage :

« Et moi aussi, on voulait, il y a peu de jours, me
porter en triomphe, et maintenant on crie : LA GRANDE
TRAHISON DU COMTE DE MIRABEAU... Je n'avais pas besoin
de cette leçon pour savoir qu'il est peu de distance du
Capitole à la roche Tarpéïenne. » (*Moniteur* du 24 mai,
réimpr., p. 439.)

On sait que Mirabeau était accusé d'être vendu aux
intérêts de la cour.

Il obtint que le droit de déclarer la guerre fût partagé
entre le roi et la nation.

CHAISE.

Vie de bâton de chaise.

Pourquoi a-t-on adopté cette expression avec le sens
de *vie de polichinelle*, vie agitée et désordonnnée ? C'est
là un mystère que nul n'a encore pu pénétrer.

On a hasardé quelques explications : on a prétendu,
par exemple, qu'il y avait là une allusion aux bâtons
dont se servaient jadis les porteurs de chaises. Mais
on ne voit pas trop en quoi lesdits bâtons pourraient
fournir un terme de comparaison propre à caractériser
une vie échevelée.

La question, posée dans l'*Intermédiaire des chercheurs*, n'a provoqué que des réponses d'une rare insi-
gnifiance (10 août 1897, col. 170).

Nous proposerons, à notre tour, une hypothèse qui
pourrait bien nous mettre très près de la vérité.

On sait que, dès les premières années du règne de
Louis-Philippe, la gaieté des Parisiens, longtemps com-
primée par un régime austère, sembla vouloir prendre une éclatante revanche, et passa par une sorte de
crise aiguë, qui atteignit son paroxysme à l'époque du
carnaval, en 1834 et en 1835.

C'était le temps où lord Seymour, surnommé milord
l'Arsouille, étonnait Paris par ses luxueuses excentri-
cités, que d'ailleurs on se plaisait à exagérer.

On se ruait aux bals Musard, qui, après avoir quitté
la salle des Variétés, et avant de pénétrer à l'Opéra, se
donnaient alors rue Saint-Honoré, 359.

« Là, disait-on à propos de ce roi de l'orchestre,
dans le *Figaro* du 3 mars 1835, tout obéit à ses fantaisies ; dépassant Rossini, il a placé le fracas dans
l'orchestre ; la contredanse de la *chaise cassée* se termine par la criaillerie de *cinquante chaises brisées* du
même coup. Le fouet, le pistolet, le pétard, tout lui
devient harmonie pour célébrer ses joies. »

Cinquante chaises brisées !… cela représente un assez
joli total de bâtons, dont l'existence, au milieu de cette
cohue en délire, devait offrir un parfait modèle de
désordre et d'agitation, bien digne de rester proverbial.

Sans nous exagérer la valeur de cette hypothèse, qui
s'appuie sur un fait certain, nous la croyons préférable
à celles qui ont été proposées jusqu'ici.

CHANGER.

Plus ça change, plus c'est la même chose.

(Supplément.)

Le passage que nous avons cité d'après *l'Esprit
d'Alphonse Karr* (p. 81 du *Musée de la Conversation*),

se trouve dans la *réimpression* des *Guêpes* de janvier
1849 (édit. Lecou, 1853, 4ᵉ série, p. 428).

Chose singulière : si l'on se reporte à l'édition originale, on constate que la dernière phrase, celle qui nous
intéresse : *Plus ça change*, etc., ne figure pas à la
suite du même entrefilet.

L'origine du mot d'Alphonse Karr, qui, comme nous
l'avons vu, paraît dater du lendemain de la révolution
de février, reste donc encore dans l'obscurité.

CHANT.

« Les chants avaient cessé. »

M. Raynouard a su tirer de ce mot un très grand
effet dans *les Templiers*, tragédie en cinq actes représentée au Théâtre-Français le 24 floréal an XIII (14
mai 1805).

L'ordre des Templiers, fondé par les compagnons de
Godefroy de Bouillon vers la fin du XIᵉ siècle, fut en
butte, au commencement du XIVᵉ, à des accusations
plus ou moins calomnieuses, et cruellement persécuté
dans toute la France. Ses membres furent déclarés
coupables des crimes les plus odieux contre la religion
et les mœurs. Beaucoup furent condamnés comme héré-
tiques ou relaps, et 54 furent envoyés au bûcher le
12 mai 1310.

Dans la tragédie de François Raynouard, la clémence du roi Philippe le Bel allait différer leur supplice, mais l'ordre de surseoir arriva trop tard, et les
malheureux furent brûlés.

C'est dans le récit de cette scène poignante, fait à la
reine par le connétable, que se trouve le fameux vers :

Votre envoyé paraît, s'écrie... Un peuple immense,
Proclamant avec lui votre auguste clémence,
Au pied de l'échafaud soudain s'est élancé...
Mais il n'était plus temps... les chants avaient cessé.

(Acte V, scène VIII.)

Disons en passant, d'après le *Précis historique* qui se trouve au début de la brochure, que l'adage « boire comme un Templier » n'a été mis en circulation qu'après l'abolition de l'ordre, et ne peut servir de témoignage contre ceux qui en firent partie. (Voy. p. XI.)

On sait que Scribe a placé un mot qui rappelle le vers des *Templiers*, au Vme acte des *Huguenots* (Académie royale de musique, 29 février 1836).

Tandis qu'on massacre les huguenots qui se sont réfugiés dans le temple pour prier, Valentine s'écrie (scène III) :

Ils chantent encore !

et, lorsque, un moment après, un lugubre silence a succédé aux cris et au bruit des armes, Valentine, d'après le livret, Marcel, dans la partition, jette ce cri déchirant :

Ils ne chantent plus !

CHANTER.

« Qu'ils chantent, ils paieront. »

(Supplément.)

En faveur de l'authencité du mot de Mazarin, nous citerons cet extrait des *Fragments historiques* de la duchesse d'Orléans, mère du régent :

« On avait écrit des livres horribles contre le cardinal Mazarin. Il feignit d'en être très irrité, et fit rechercher tous les exemplaires comme pour les brûler.

Quand il les eut tous rassemblés, il les fit vendre en
secret, et comme à son insu, et en tira 10.000 écus ; ce
qui lui fit dire en riant : « Les Français sont gentils,
je les laisse chanter et rire ; et eux, ils me laissent
faire ce que je veux. »

(*Mémoires*, etc. de Mme la duchesse d'Orléans, princesse palatine, publiés par Busoni en 1832, p. 332.)

CHASSEPOT.

« Nos fusils Chassepot ont fait merveille. »

Le Moniteur du 10 novembre 1867 publiait, en première page, une dépêche du général de Failly, datée
du 9, rendant compte de la victoire remportée par les
troupes françaises et pontificales sur l'armée garibal-
dienne sous les murs de Mentana (3 novembre). Après
avoir annoncé que six cents garibaldiens y avaient
trouvé la mort, le chef de l'expédion terminait par
ces mots :

« Nos fusils Chassepot ont fait merveille. »

Cette phrase, qui n'était évidemment pas très heureuse, fut l'objet des plus vives critiques en Italie et de
la part des ennemis de l'Empire.

Dans une interpellation sur l'expédition de Rome,
qui fut discutée au Corps législatif le 2 décembre suivant, M. Jules Favre reprocha au gouvernement de
n'avoir pas laissé les bandes garibaldiennes se retirer
sur le territoire italien.

« Il fallait bien, interrompit M. Glais-Bizoin, essayer
les fusils Chassepot.

» M. Eugène Pelletan. — Ces fusils Chassepot qui
ont fait merveille. »

M. Jules Favre exprima le regret que nos soldats
aient eu à se servir de « ces armes perfectionnées qui

ont fait tomber, disait-il, les combattants comme l'épi
sous la faux du moissonneur, et qui ont permis d'écrire
dans le rapport que vous savez, cette phrase qui a
causé en Europe une impression horrible : « Nos fusils
» Chassepot ont fait merveille. »

» — Vous auriez mieux aimé qu'ils ratent ! » s'écria
M. Granier de Cassagnac.
« M. JULES FAVRE. — Je comprends et je subis les
inflexibles nécessités de la guerre... Mais j'avoue que
je suis profondément attristé lorsque je rencontre, dans
un rapport français, cette glorification de la destruction
des hommes. »
(Moniteur du 3 décembre.)

M. le général Du Barrail, en citant le mot de son
collègue, l'a ainsi apprécié dans ses Souvenirs, (t. III.
p. 108) :

« L'opinion égarée vit un manque de cœur dans cette
phrase qu'on lui reprocha tant et qui pourtant était
toute naturelle dans la bouche d'un chef rendant compte
des effets d'une arme nouvelle. »

Rappelons qu'à la suite des succès militaires de la
Prusse en 1866, dûs en partie au nouveau fusil à
aiguille, le gouvernement français, voulant mettre son
armement à la hauteur de celui de nos voisins, avait
récemment adopté (30 août 1866) le modèle inventé, dès
1857, par Antoine Chassepot.
Quelque temps après, on chantait ce couplet, qui fut
vite populaire, dans les Horreurs de la guerre, opérette de Philippe Gille, jouée à l'Athénée, le 9 décembre 1868 :

<blockquote>
Nous avons des fusils
Se chargeant par la culasse.
Au dehors c'est gentil,
</blockquote>

Mais au dedans ça s'encrasse...
Nos petits
Ennemis
N'en ont point.

CHEMIN.

« **Les rivières sont des chemins qui marchent
et qui portent où l'on veut aller.** »

Blaise Pascal. *Pensées* ; éd. Auguste Molinier,
t. II, 1879, p. 152 (*Pensées diverses*).

CHÈVRE.

Ménager la chèvre et le chou.

Expression proverbiale qui signifie *ménager deux
partis contraires* et qui paraît avoir pour origine ce
petit problème que l'on pose aux enfants :

« Sur le bord d'une rivière se trouvent un loup, une
chèvre et un chou : il n'y a qu'un bateau, si petit que
le batelier seul et l'un d'eux peuvent y tenir.

» Il est question de les passer, de sorte que le loup
ne mange point la chèvre, ni la chèvre le chou. »

Le problème se résoud ainsi :

Le batelier passe d'abord la chèvre, puis il retourne
prendre le loup. L'ayant passé, il ramène la chèvre, et
la laisse sur le bord pour passer le chou ; il retourne
ensuite à vide pour reprendre la chèvre.

Ce proverbe est d'ailleurs fort ancien. On le trouve
déjà mentionné dans le *Dictionnaire comique, satirique, burlesque*, etc. de Leroux (Amsterdam, 1718).

On lit à l'art. Chèvre :

« On ne peut pas sauver la *chèvre* et les choux, pour
dire qu'on ne peut pas mettre une affaire à l'abri de

toutes sortes d'inconvénients, ni se ménager avec tout
le monde. »

CHOSE.

« Pourtant j'avais quelque chose là ! »

Le poète André Chénier fut condamné à mort par le
Tribunal révolutionnaire le 25 juillet 1794 (7 thermidor
an II), et exécuté le jour même.

Henri de Latouche rapporte qu'au moment de marcher
au supplice, Chénier dit à son ami, le poète Roucher,
qui allait mourir avec lui : « Je n'ai rien fait pour la
postérité. » Puis il ajouta en se frappant le front :
« Pourtant j'avais quelque chose là ! » (Notice en tête
des *Œuvres posthumes* d'André Chénier ; Paris, 1839,
p. XXXI.)

CHOU.

Le Chou colossal.
(Supplément.)

L'histoire du chou et de la marmite était connue
longtemps avant la fable de La Fontaine (*le Déposi-
taire infidèle*).

On la trouve notamment reproduite sous cette forme,
par J. P. Lange, dans ses *Deliciæ academicæ*, d'après
Jacques Pontanus (*Attica bellaria*, 1615-1620) :

« Deux farceurs voulant un jour raconter des choses
grandes et inouïes, le premier dit qu'en un certain pays
il avait vu un chou d'une telle grandeur qu'il pourrait
abriter cinq cents cavaliers. — Et moi, dit le second,
j'ai vu dans un autre pays un chaudron que cent ouvriers
étaient en train de fabriquer, et d'une si vaste dimen-
sion qu'ils ne pouvaient entendre les coups frappés par
les autres. Le premier reprit : Que voulaient-ils donc
faire, mon Dieu, d'un si grand chaudron ? L'autre
répondit : C'était pour y faire cuire ton chou. » (Heilbronn, 1665, livre III, p. 122.)

CIEL.

« Fils de saint Louis, montez au ciel ! »

Ainsi se serait exprimé l'abbé Edgeworth de Firmont, confesseur de Louis XVI, lors qu'il accompagna au pied de l'échafaud le malheureux prince que Michelet a eu le triste courage d'appeler le « faux martyr ». (*Histoire de la Révolution française*, t. VI, 1878, p. 291.)

Cette belle parole, que tant d'historiens ont répétée, a été l'objet de plusieurs études critiques, parmi lesquelles nous citerons celle de M. Louis Combes, dans ses *Épisodes et curiosités révolutionnaires* (1872, p. 236-247), celle M. Édouard Fournier (*l'Esprit dans l'histoire*, 5ᵉ édition, p. 379), et celle de M. Du Fresne de Beaucourt, dans la *Revue des questions historiques* du 1ᵉʳ octobre 1892 (p. 564 à 576).

Il résulte des nombreux documents recueillis par les deux premiers de ces auteurs que l'abbé Edgeworth n'a rien dit de semblable. Il aurait affirmé lui-même qu'il n'en avait gardé aucun souvenir, et le mot aurait été inventé dans un souper, le soir de l'exécution.

M. Combes ajoute ce détail :

« M. Michelet rapporte qu'un de ses amis, fort jeune alors, l'a entendu faire. Deux journalistes, le jour de l'exécution, dînaient dans un des pavillons de restaurateur à l'entrée des Champs-Élysées. « Qu'aurais-tu » dit à la place du confesseur ? dit l'un d'eux. — Rien de » plus simple ; j'aurais dit : Fils de saint Louis, montez » au ciel ! »

(M. Combes ne nous dit pas à quel ouvrage de Michelet il emprunte ces lignes, qui ne figurent pas dans son récit de la mort du roi.)

Ce témoignage est d'autant moins négligeable qu'il

se trouve nettement confirmé par un passage des *Mé-moires* du baron d'Haussez, ministre de la marine à la fin de la Restauration (1778-1854).

A propos d'une statue de Louis XVI allant au supplice, dont le projet avait été adopté en 1824, il écrit dans une note (t. II, p. 20) :

« Le comte Beugnot m'a, à ce sujet, rapporté l'anecdote suivante : « Le jour de la mort du roi, dit-il, j'étais » avec quelques amis qui partageaient ma douleur. » L'idée vint à un de nous d'ennoblir ce qui était si » affligeant, et il proposa de mettre dans la bouche du » prêtre qui accompagnait le monarque, le mot vraiment » sublime qui a fait une si grande fortune. » L'abbé Edgeworth a dû être bien surpris en voyant le lendemain dans les journaux que son cœur avait été si bien servi par son esprit. »

On a cru longtemps que l'auteur du mot était Charles His, qui rédigeait alors *le Républicain français.* M. Fournier est d'avis qu'il faut en restituer la paternité à Charles Lacretelle, dit Lacretelle *jeune* . Voici comment cet historien s'exprime, dans ses *Dix années d'épreuves pendant la Révolution* (1842, p. 134) :

« Je fis dans l'un des journaux du temps, soumis à l'unique censure de la guillotine, un récit des derniers moments de Lous XVI. Comme c'était alors presque le seul où respirât de l'intérêt pour l'auguste victime, il fut généralement copié et traduit dans plus d'une langue. C'est là que se trouve le mot attribué au confesseur du roi, l'abbé Edgeworth... J'en ai cherché depuis vainement l'auteur. Je ne me crois pas assez éloquent pour l'avoir trouvé, et il me semble que le souvenir d'une telle invention ne doit point se perdre ; j'ai pu avec franchise l'insérer dans mon Histoire de la Convention, qui parut d'abord sous le titre de *Précis historique* (1806). »

M. Combes a inutilement cherché l'article en question

dans les journaux du temps. Il a trouvé le mot pour la première fois reproduit, sous une forme un peu différente, au bas d'une gravure des *Révolutions de Paris*, qui se rapporte au n° 185 (19-26 janvier 1792), mais qui ne dut paraître que dans le courant de mars, avec le numéro 192.

M. Fournier nous assure que Ch. Lacretelle, moins modeste dans l'intimité, se reconnaissait volontiers l'auteur de la belle parole attribuée à l'abbé Edgeworth. Un tel aveu fait plus d'honneur à son imagination d'artiste qu'à sa conscience d'historien.

M. le marquis de Beaucourt n'attache qu'une médiocre valeur à l'attribution nouvelle produite par M. Fournier, et passe sous silence les témoignages rapportés par Michelet et par M. d'Haussez. Il cite un grand nombre d'extraits empruntés à divers historiens et narrateurs, qui ont reproduit le mot conformément à la tradition. Malheureusement, il est à remarquer qu'aucun de ces documents n'émane d'un témoin pouvant affirmer qu'il a entendu l'abbé Edgeworth prononcer la fameuse phrase. Aussi hésite-t-il avec beaucoup de raison à conclure d'une manière positive à son authenticité.

*
* *

« Il est avec le ciel des accommodements. »

C'est ainsi que l'on cite ordinairement une parole que Molière a mise dans la bouche de Tartuffe sous cette forme :

> Le Ciel défend, de vrai, certains contentements ;
> Mais on trouve avec lui des accommodements.

(Le Tartuffe ou l'Imposteur, 1664,
acte IV, scène v, vers 1487-1488.)

La forme généralement adoptée pour cette citation se

trouve dans la *Lettre sur la comédie de l'Imposteur*
(1667), qui a été attribuée à Molière et que l'on a
souvent jointe à cette pièce. (Éd. Regnier, t. IV, 1878,
p. 548.)

CIMETIÈRE.

**« Vous ne voulez pas faire de la France une caserne ;
prenez garde d'en faire un cimetière. »**

Le général Du Barrail, dans ses intéressants *Souvenirs*, rappelle les difficultés que rencontra le maréchal
Niel, ministre de la guerre sous l'Empire, pour orga-
niser la garde mobile.

« Un jour, dit-il, qu'on lui reprochait de vouloir trans-
former « la France en caserne », il s'éleva au plus haut
point de l'éloquence humaine en s'écriant : « Vous ne
» voulez pas faire de la France une caserne ; prenez
» garde d'en faire un cimetière. »

(Tome III, 1896, p. 86.)

Le projet de loi sur le recrutement de l'armée et la création de la garde mobile fut discuté au Corps législatif
à partir du 19 décembre 1867, et adopté le 14 janvier
1868, malgré les efforts de l'opposition. M. Jules Simon,
notamment, toujours plein de généreuses illusions,
demandait la suppression des armées permanentes,
comptant sur la levée en masse pour assurer la défense
du territoire.

COCHON.

Tout homme a dans son cœur un c..... qui sommeille.

Dans *le Figaro* du 15 janvier 1879, M. Philippe
Gille publiait quelques notes tirées du carnet du sculp-

teur Auguste Préault, mort peu de jours auparavant, qui avait collaboré au journal de Villemessant.

Au nombre de ces pensées se trouve le fameux vers-axiome.

On l'a souvent attribué à Charles Monselet et à Baudelaire.

COLLIGNON.

Va donc, hé! Collignon !

Il n'est guère d'altercation un peu vive entre messieurs les cochers que l'on n'entende retentir cette invective, suprême injure quand ils ont épuisé toutes les ressources de leur répertoire habituel.

Comme le souvenir de ce Collignon s'est probablement effacé de beaucoup de mémoires, nous ramènerons pour un instant l'attention sur cette célébrité des annales parisiennes.

Le 16 septembre 1855, M. Juge, directeur de l'école normale de Douai, étant venu à Paris avec sa femme pour visiter l'exposition, se fit conduire à Auteuil par une voiture de remise, dont le cocher lui réclama 5 francs au lieu de 3 qui étaient dûs. Très irrité de cette exigence, M. Juge paya, mais déposa dès le lendemain une plainte à la Préfecture de police.

Le cocher, nommé Jacques Collignon, âgé de quarante-neuf ans, fut mandé le 22 à la fourrière et reçut l'ordre de restituer à son client la somme indûment perçue. Le lendemain, il achetait une paire de pistolets et vendait son mobilier, annonçant qu'il allait s'embarquer.

Le 24, il se rendait au domicile de M. Juge, 83, rue d'Enfer, lui remboursait les 2 francs, et, pendant que celui-ci lui préparait un reçu, il lui brûla froidement la cervelle. Il tira ensuite sur Mme Juge, qu'il manqua.

Arrêté par M. Proudhon, le célèbre utopiste, Collignon ne manifesta aucun regret de son crime. Il fut condamné à mort le 12 novembre et exécuté le 6 décembre, conservant jusqu'au bout son sang-froid et son insouciance.

...Et voilà pourquoi les cochers se plaisent à s'appeler « Collignon ! »

CONQUÊTE.

La plus noble conquête de l'homme.

Il est sans doute superflu de rappeler que cette expression fut employée par Buffon dans son étude *Du cheval*, auquel il donne le premier rang parmi les animaux domestiques (*Quadrupèdes*, 1753).

On connaît le début de ce morceau célèbre :

« La plus noble conquête que l'homme ait jamais faite est celle de ce fier et fougueux animal, qui partage avec lui les fatigues de la guerre et la gloire des combats : aussi intrépide que son maître, le cheval voit le péril et l'affronte ; il se fait au bruit des armes, il l'aime, il le cherche, il s'anime de la même ardeur... »

Il semble que le grand naturaliste se soit inspiré ici d'un fameux passage du livre de Job, où le noble caractère du cheval est ainsi tracé :

« Il frappe du pied la terre, il s'élance avec audace, il court au-devant des hommes armés.

» Il ne peut être touché de la peur, le tranchant des épées ne l'arrête point.

» Les flèches sifflent autour de lui, le fer des lances et des dards le frappe de ses éclairs.

» Il écume, il frémit, et semble vouloir manger la terre ; il est intrépide au bruit des trompettes.

» Lorsque l'on sonne la charge, il dit : Allons ; il sent de loin l'approche des troupes, il entend la voix

des capitaines qui encouragent les soldats, et les cris
confus d'une armée. »

(Chap. XXXIX, v. 19 à 25.)

Dans une de ses charmantes *Nouvelles génevoises*,
intitulée *la Bibliothèque de mon oncle*, Rodolphe
Tœpffer nous a donné une variante assez originale du
mot de Buffon. Il raconte qu'étant écolier, il reçut dans
sa salle d'études la visite d'un hanneton qui, de sa
tarière trempée dans l'encre, traça sur son cahier quelques hiéroglyphes d'une délicatesse merveilleuse. Bientôt, en guidant patiemment l'insecte, l'enfant parvint
à lui faire écrire son nom. « Il fallut deux heures, dit
Tœpffer ; mais quel chef-d'œuvre ! » et il ajoute : « La
plus noble conquête que l'homme ait faite, dit Buffon,
c'est... c'est bien certainement le hanneton ! »

CORSE.

O Corse à cheveux plats !

Souvenir d'un des plus célèbres *Iambes* d'Auguste
Barbier, imprécation contre Napoléon, intitulé l'*Idole*.
Début de la 3ᵉ strophe :

> O Corse à cheveux plats ! que ta France était belle,
>   Au grand soleil de messidor !
> C'était une cavale indomptable et rebelle
>   Sans frein d'acier ni rênes d'or...

(1ʳᵉ édit., 1832, p. 76.)

COURT.

Je n'ai pas eu le temps de faire plus court.

Pascal écrivait en terminant sa seizième *Provinciale*,
qu'il adressait aux jésuites le 4 décembre 1656 :

« Mes Révérends Pères, mes lettres n'avaient pas
accoutumé de se suivre de si près, ni d'être si étendues,

Le peu de temps que j'ai eu a été cause de l'un et de l'autre. Je n'ai fait celle-ci plus longue que parce que je n'ai pas eu le loisir de la faire plus courte...»
(Édit. des *Grands écrivains de la France*, t. II, p. 147.)

CRAC.

Monsieur de Crac.

(Supplément.)

On croit que le livre de Raspe, qui à chaque édition s'enrichissait d'aventures nouvelles, avait pour principal objet de tourner en ridicule le véritable baron Jérôme Charles Frédéric de Munchhausen (1720-1797), qui s'était acquis une réputation de menteur fieffé par ses récits d'une extraordinaire invraisemblance.

Raspe n'avait d'ailleurs pas inventé toutes les prouesses qu'il prêtait à son héros. Il dut en prendre quelques-unes dans les *Deliciæ academicæ*, compilation due à Jean Pierre Lange, publiée à Heilbronn en 1665. On trouve notamment dans le troisième livre de ce recueil, intitulé : *Mensonges amusants et ridicules*, p. 123, l'aventure du cheval coupé en deux et celle du loup dont un chasseur retourne la peau comme un gant, et, p. 130, l'histoire du sanglier embroché, récits extraits des *Facéties* de Bebel (1508).

Un autre épisode de la vie du fameux baron paraît avoir une assez curieuse origine. On se souvient qu'un jour il voit s'épanouir sur la tête d'un cerf un magnifique cerisier, né d'un noyau avec lequel il a jadis tiré l'animal (p. 33 de la traduction Gautier).

Or, voici ce que nous lisons dans une *Description des villes de Berlin et de Potsdam*, publiée à Berlin en 1769, où se trouvent énumérées les curiosités du musée de cette ville :

« Parmi les singularités qu'on a coutume d'appelle

des jeux de la nature, il y a un bois de cerf trouvé dans la Lithuanie prussienne, tout à fait remarquable en ce que, sur la tête de ce cerf avoit cru la tige d'un chêne, qui avoit environné cette tête de ses branches à travers lesquelles les cornes perçoient de toutes parts. » (P. 331.)

CRILLON.

« Pends-toi, brave Crillon ! »

Les documents relatifs à ce mot sont très connus.

A propos d'un vers de *la Henriade*, où Crillon était nommé (le 97ᵐᵉ du chant VIII), Voltaire avait mis en note, dans l'édition de 1730 :

« Crillon était surnommé le Brave... C'est à ce Crillon que Henri le Grand écrivit : « Pends-toi, brave Crillon; » nous avons combattu à Arques, et tu n'y étais pas... » Adieu, brave Crillon; je vous aime à tort et à » travers. »

M. Berger de Xivrey, qui a publié le *Recueil des lettres missives de Henri IV*, dans la *Collection des documents inédits sur l'histoire de France*, déclare n'avoir jamais pu retrouver le billet signalé par Voltaire. Mais il donne (tome IV, p. 848) la lettre écrite par le roi au même capitaine, devant Amiens, à la date du 20 septembre 1597. Nous en transcrivons ces quelques lignes :

« A M. DE GRILLON *(sic).*

» Brave Grillon, Pendés-vous de n'avoir esté icy près de moy lundy dernier à la plus belle occasion qui se soit jamais veuë et qui peut-estre se verra jamais. Croyés que je vous y ai bien désiré... J'espère jeudy prochain estre dans Amiens... j'ay maintenant une des belles armées que l'on sçaurait imaginer. Il n'y manque que le brave Grillon, qui sera toujours le bien venu et veu de moy. A Dieu. »

L'éditeur suppose, très judicieusement, que Voltaire a fait une confusion en plaçant le billet du roi, qu'il citait sans doute de mémoire, au lendemain de la bataille d'Arques (21 septembre 1589).

La plupart des historiens ont accepté avec complaisance et contribué à répandre la version probablement fantaisiste donnée par Voltaire.

CROIX.

La « croix de ma mère ».

(Supplément.)

Nous avons cité plusieurs exemples de « croix de ma mère ».

D'après M. Gustave Larroumet, l'érudit chroniqueur du *Temps*, ce précieux accessoire de mélodrame aurait été inventé par Voltaire lui-même, dans sa tragédie de *Zaïre*, représentée le 13 août 1732. (Voy. le *Temps* du 26 février 1900.)

Voici comment cette croix intervient dans la pièce : grâce à elle, Lusignan retrouve en Zaïre, esclave d'Orosmane, soudan de Jérusalem, une fille qui lui avait été ravie jadis par les Sarrasins. (Acte Ier. scène Ire, et acte II, scène III.)

Un digne pendant à la « croix de ma mère », c'est

LE « SABRE DE MON PÈRE »,

qui fut célébré dans un couplet fameux de *la Grande-Duchesse de Gérolstein* (Meilhac et Halévy, Variétés, 12 avril 1867).

Au Ier acte, scène XIII, la grande-duchesse, présentant un sabre au soldat Fritz, qu'elle vient de bombarder général, chante :

> Voici le sabre de mon père !
> Tu vas le mettre à ton côté.
> Ton bras est fort, ton âme est fière.
> Ce glaive sera bien porté...

Fritz répond :

> Vous pouvez sans terreur confier à mon bras
> Le sabre vénéré de monsieur votre père...
> Je reviendrai vainqueur, ou ne reviendrai pas !

Il y a cinquante ou soixante ans, il était fort question de ce vénérable accessoire dans les pièces larmoyantes.

Le 21 octobre 1836, à ce même théâtre où l'on devait applaudir un jour la spirituelle bouffonnerie de MM. Meilhac et Halévy, un public moins *blagueur* s'attendrissait en écoutant une touchante comédie de Ch. Desnoyers et d'Avrecourt, intitulée *l'Épée de mon père*.

A la dernière scène, Henri, l'un des héros, renonçant à celle qu'il aime, s'écrie :

« Pour me consoler, pour me faire oublier mon amour, il me reste... ma mère... et cette épée. L'épée de mon père ! »

Dans *la Closerie des genêts*, drame en cinq actes de Frédéric Soulié, représenté à l'Ambigu-Comique le 14 octobre 1846, un personnage, apportant des épées pour un duel, disait solennellement aux deux adversaires :

« Voici les épées de vos pères ! »

Nous citerons enfin ces vers de Victor Hugo, adressés à la France :

> T'insulter ! t'insulter ! ma mère !
> Mais n'avons-nous pas tous, ô ciel !
> Parmi nos livres, près d'Homère,
> Quelque vieux sabre paternel ?

(Le Retour de l'Empereur, décembre 1840, § IV, 5ᵐᵉ stance ; à la suite des *Rayons* et des *Ombres.)*

CUISINIER.

On devient cuisinier, mais on naît rôtisseur.

(Supplément.)

Il y a bien certainement, dans cet aphorisme de Brillat-Savarin, un souvenir de celui-ci, qu'on trouve vaguement attribué à Quintilien :

Fiunt oratores ; nascuntur poeiæ.
(On devient orateur, on naît poète.)

DANSER.

Empêcheur de danser en rond.

On a voulu voir dans cette formule peu académique un souvenir du fameux pamphlet que Paul-Louis Courier lança, en 1820, sous le titre de : *Pétition pour des villageois que l'on empêche de danser.* Ce document ne contient pourtant aucune trace de l'expression toute spéciale : *danser en rond.*

Une autre explication, qui emprunte au nom de son auteur, M. Édouard Montagne, une sérieuse autorité, a été donnée par l'*Intermédiaire* du 25 novembre 1889 (col, 693).

Vers 1850 ou 1855, pendant une répétition ou pendant une entr'acte au théâtre des Variétés, quelques figurants et figurantes s'étant avisés de danser une ronde sur la scène, cet accès de gaieté intempestif fut troublé par l'arrivée du régisseur qui leur intima l'ordre de cesser leurs ébats. « En voilà un empêcheur de danser en rond ! » grommela une figurante. Le mot fut trouvé expressif et ne tarda pas à devenir proverbial, surtout dans le monde du théâtre.

DÉLUGE.
Après nous le déluge !

L'historien grec Dion Cassius rapporte, au chapitre LVIII de son *Histoire romaine*, que l'empereur
Tibère avait coutume de répéter cet ancien adage :

Ἐμοῦ θανόντος γαῖα μιχθήτω πυρί.

Vers grec que l'on croit tiré du *Bellérophon* d'Eu-
ripide, et dont on trouve plusieurs mentions dans les
anciens auteurs. (Cicéron, *De finibus*, l. III, ch. XIX ;
Sénèque, *De Clementia*, l. II, ch. II.)

Il signifie littéralement :

« Après ma mort, que la terre soit dévorée par le
feu ! »

et peut se traduire par :

« Après moi la fin du monde ! »

Au récit de Suétone, Néron, entendant ce vers cité
par un de ses familiers, s'écria :

« Que ce soit de mon vivant ! » (Ἐμοῦ ζῶντος) et il exé-
cuta sa menace.

(Vie de Néron, chap. 28.)

Le mot : « Après nous le déluge ! » qui n'est qu'une
variante du précédent, paraît avoir été de ceux qu'affec-
tionnait Mme de Pompadour.

Voici ce qu'écrit à ce propos Mlle Marie Fel (chanteuse de l'Opéra, née en 1706), dans une note sur le
peintre Quentin de La Tour, un de ses adorateurs :

« Il m'a raconté aussi que peignant Mme de Pompadour, le roy, après l'affaire de Rosbach, arriva fort
triste, elle luy dit : qu'il ne falloit point qu'il s'affligeât,
qu'il tomberoit malade, qu'au reste après eux le
déluge.

» La Tour retint le mot ; quand le roy fut party, il

dit à la dame que ce mot l'avoit affligé, qu'il valoit mieux que le roy fût malade, que si son cœur étoit endurcy. »

(*Le Reliquaire de M. Q. de La Tour, peintre du roi Louis XV*, par Ch. Desmaze ; 1874, p. 62.)

DENT.

Des dents, pas de pain ; du pain, plus de dents.
(Supplément.)

Montaigne avait développé la même pensée dans ses *Essais* (liv. III, chap. x, 9ᵐᵒ paragr.).

« Comme ie plaindrois, dit-il, quelque grande adventure qui me tumbast à cette heure entre mains, de ce qu'elle ne seroit venue en temps que i'en peusse iouir. »

Et il cite ce vers d'Horace (Ép. v du livre Iᵉʳ, v. 12) :

Quo mihi fortunas, si non conceditur uti ?

ce qui le conduit à évoquer le proverbe : « moustarde aprez disner. »

DÉSOLATION.

L'abomination de la désolation.

Expression biblique empruntée au livre du prophète Daniel (VIIᵉ siècle avant J.-C.), où elle se trouve trois fois répétée (chapitre IX, v. 27 ; XI, v. 31 et XII, v. 11).

Dans le premier de ces versets, l'ange Gabriel, qui apparaît à Daniel pour lui prédire la ruine de Jérusalem, lui dit :

« Les hosties et les sacrifices seront abolis, l'abomination de la désolation durera jusqu'à la consommation et jusqu'à la fin. »

Les orateurs et les écrivains sacrés ont pieusement conservé cette expression, par laquelle ils entendent le triomphe de l'idolâtrie, le sacrilège et les plus grandes profanations.

DIEU.

L'homme est un dieu tombé qui se souvient des cieux.

Le deuxième morceau des *Méditations poétiques* de Lamartine est intitulé : *L'homme.*

L'auteur s'adresse à lord Byron et le conjure, en des vers d'une admirable harmonie, de se soumettre à la volonté divine qui interdit à l'homme de tout connaître. Descends, dit-il,

> Descends du rang des dieux qu'occupait ton audace ;
> Tout est bien, tout est bon, tout est grand à sa place ;
> Que celui qui l'a fait t'explique l'univers...
> Borné dans ses désirs, infini dans ses vœux.
> L'homme est un dieu tombé qui se souvient des cieux.

Lamartine publia ce premier volume de *Méditations* en 1820, à l'âge de trente ans.

* * *

« La crainte fit les dieux, l'audace a fait les rois. »
(Supplément.)

Ce vers de Crébillon semble avoir été inspiré en partie par un vers de Stace, qu'on a parfois attribué à Lucrèce.

Louis XVIII partageait cette erreur, comme le rappelait M. Cuvillier-Fleury recevant M. X. Marmier à l'Académie française (7 déc. 1871), à la place de M. de Pongerville.

« On sait, disait-il, que l'auteur de la Charte s'était donné le luxe innocent des citations latines et des à-propos érudits. « Comment avez-vous traduit ce vers de Lucrèce ? » dit-il un jour à M. de Pongerville, qui reçut, ne s'y attendant guère, la question et le vers en pleine poitrine : *Primus in orbe deos fecit timor...*

» Le traducteur n'hésite pas une minute et répond :

La crainte sur la terre a créé les faux dieux.

« Les faux dieux ? » dit le roi, « allons donc ! » Le texte de Lucrèce n'en dit pas tant. — C'est vrai, » Sire, c'est un vers à refaire, » et en réalité Pongerville avait improvisé sa réponse. Le vers était de Stace, dans la *Thébaïde* (liv. III, v. 661). Le roi avait fait une fausse citation. Le poète le savait et n'avait pas osé le dire au roi... Politesse, non de courtisan, mais d'homme bien élevé. »

Nous ajouterons que le vers de Stace (61-96 de J.-C.) se trouvait déjà dans un fragment attribué à Pétrone (mort l'an 67 de J.-C,), et intitulé : *Timor, deorum origo.* (Éd. Panckoucke ; Pétrone, t. II, p. 237.)

**

« Mon Dieu-je ! »

Théodore de Banville, dans un article que reproduisait *l'Almanach parisien* de Fernand Desnoyers (année 1860, p. 57), rappelle ce mot, ou, si l'on veut, ce tic de Lassagne, acteur des Variétés, mort en 1863. Il disait aussi, à la grande joie du public : « *Seigneur-je* », et «*Désespoir-je.* »

« Ce qu'il y a de plus extraordinaire aujourd'hui, écrivait Banville, c'est le MON DIEU-JE ! de Lassagne. »

Cet artiste, plus particulièrement chargé des rôles de paysans et de troupiers, avait pu contracter ces tics en imitant le parler gauchement prétentieux que l'on prête aux campagnards.

On dit bien : *Que sais-je ? Que vois-je ?* Pourquoi ne
pas dire aussi bien : *Où cours-je ? D'où sors-je ? Que
perds-je ?* Au besoin même, pour cette dernière expression, on pourrait invoquer l'autorité du grand
Corneille lui-même, qui faisait dire à Aglatide dans
sa tragédie d'*Agélisas* :

Ne perds-je pas assez, sans doubler l'infortune ?..

(1666, acte II, sc. VII, vers 842.)

Pourquoi s'arrêter en si belle voie et, au lieu du vul-
gaire *mon Dieu !* ne pas aller comme Lassagne jusqu'à
mon Dieu-je ! N'est-ce pas mille fois plus gracieux ?

Mais qui se souvient aujourd'hui des tics de Lassagne ? Qui se souvient du *gnouf! gnouf!* de Grassot ?...
C'est le sort des acteurs de mourir tout entiers.

« Rappelez-vous, disait Kean à miss Anna dans la
pièce de Dumas, que l'acteur ne laisse rien après lui,
qu'il ne vit que pendant sa vie, que sa mémoire s'en va
avec la génération à laquelle il appartient, et qu'il
tombe un jour dans la nuit... du trône dans le néant... »

(*Kean ou Désordre et génie* ; Variétés, 31 août 1836 ;
acte II, sc. IV.)

*
* *

Si Dieu n'existait pas, il faudrait l'inventer.

(Supplément.)

Au plus fort de la Terreur, Robespierre reprit à son
compte la formule créée par Voltaire.

Prenant la défense de la liberté des cultes, à la
séance des Jacobins du 1er frimaire an II (21 novembre
1793), il prononça ces paroles qu'on ne s'attend peut-
être pas à rencontrer dans la bouche d'un tel homme :

« Celui qui veut les empêcher (les prêtres de dire la messe) est plus fanatique que celui qui dit la messe...

» L'athéisme est aristocratique ; l'idée d'un grand Être, qui veille sur l'innocence opprimée, et qui punit le crime triomphant, est toute populaire... Si Dieu n'existait pas, il faudrait l'inventer. »

(*Moniteur universel* du 6 frimaire, réimpr., p. 508.)

DIMANCHE.

« Voilà pourtant comme je serai dimanche ! »

Ainsi parle, dans une lithographie de Charlet qui date de 1822, un chiffonnier loqueteux en contemplation devant un personnage gisant ivre-mort au coin d'une borne. (N° 280 du catalogue La Combe.)

Charlet ne faisait qu'emprunter cette légende à ce passage de Sébastien Mercier, extrait de son curieux *Tableau de Paris* (Amsterdam, 1782, chap. 331 : *Les dimanches et les fêtes*, tome III, p. 162) :

« Un savetier voyant un jeudi, au coin d'une borne, un sergent ivre qu'on tâchait de relever et qui retombait lourdement sur la pierre, quitta son tire-pied, se posta devant l'homme chancelant, et après l'avoir contemplé, dit en soupirant : « *voilà cependant l'état* » *où je serai dimanche !* »

DOCUMENT.

Le « document humain ».

(Supplément.)

Nous avions cru pouvoir attribuer à M. Zola la paternité de cette expression. De nouvelles recherches nous ont permis de la restituer aujourd'hui à son véritable auteur : M. Edmond de Goncourt.

Au mois d'août 1876, plusieurs années par conséquent avant le *Roman expérimental* de M. Émile Zola

(1880), il écrivait, dans la préface d'une étude intitulée :
Quelques créatures de ce temps :

« Ce volume complète l'Œuvre d'imagination des
deux frères. Il montre, lors de notre début littéraire,
la tendance de nos esprits à déjà introduire dans l'invention la réalité du *document humain*, à faire entrer
dans le roman un peu de cette histoire individuelle qui,
dans l'Histoire, n'a pas d'historien. »

Dans la préface des *Frères Zemganno*, datée du 23
mars 1879, M. de Goncourt disait encore (p. x) :

« Donc ces hommes, ces femmes et même les milieux
dans lesquels ils vivent, ne peuvent se rendre qu'au
moyen d'immenses emmagasinements d'observations,
d'innombrables notes prises à coups de lorgnon, de
l'amassement d'une collection de *documents humains*...
Car seuls, disons-le bien haut, les documents humains
font les bons livres... »

Enfin, dans une autre préface, celle de son roman
la Faustin (1882), il annonçait « un roman bâti sur des
documents humains » et ajoutait en note (p. ii) :

« Cette expression, très blaguée dans le moment,
j'en revendique la paternité, la regardant, cette expression, comme la formule définissant le mieux et le plus
significativement le mode nouveau de travail de l'école
qui a succédé au romantisme : l'école du *document
humain*. »

DOIGT.

Le petit doigt d'un chasseur.

Les bulletins de guerre, si contradictoires selon la
source d'où ils émanent, présentent parfois un caractère de naïve exagération dont on ne peut s'empêcher
de sourire.

C'est ainsi qu'au début de la guerre hispano-améri-
caine, dans la reconnaissance que les Américains firent
à Matanzas le 28 avril 1898, ils se vantèrent d'avoir mis
une soixantaine d'Espagnols hors de combat. De leur
côté, les Espagnols n'avouèrent que la perte d'un mulet
(dépêche de Madrid du 29).

On se souvient que, les projectiles espagnols ayant
atteint, paraît-il, un malheureux requin, ce combat
était devenu légendaire sous le nom de « bombarde-
ment de la mule et du requin ».

Un des plus célèbres bulletins de ce genre est celui
que le général Beurnonville adressa au ministre de la
guerre, le 20 décembre 1792, et dont il fut donné lecture
le lendemain, à la Convention.

Le général annonçait que la République française
était enfin maîtresse du territoire situé entre la Sarre et
la Moselle jusqu'au pont de Consaarbrück.

« Les deux affaires d'hier, disait-il, ont été dirigées
par le général Landremont. L'on ne peut trop estimer
la perte des ennemis, que l'on croit être très grande...
La nôtre se réduit, par leur maladresse en tirant trop
haut ou trop bas, à la perte du petit doigt d'un de nos
chasseurs. »

Il ajoutait que dans les dix ou douze affaires qui
avaient marqué cette expédition, on n'avait perdu que
7 tués et 60 blessés, tandis que 1200 ennemis avaient
été mis hors de combat. (*Moniteur* du 23 décembre.)

L'étrange dépêche de Beurnonville fit la joie des
Parisiens et fut saluée par ce couplet :

> Quand d'ennemis tués on compte plus de mille,
> Nous ne perdons qu'un doigt, encor le plus petit !
> Holà ! monsieur de Beurnonville,
> Le petit doigt n'a pas tout dit.
>
> (*Biogr*. Michaud.)

DOMINIQUE.

« Allez voir Dominique ! »

(Supplément.)

Le personnage que Joseph Pain a mis à la scène dans la comédie qui porte ce titre, ne peut être que Pierre François Biancolelli, dit Dominique IIme (1680-1734), puisqu'on y voit figurer son contemporain Marivaux. C'est cependant son père, Joseph Dominique (1640-1688), que les biographies nous représentent comme particulièrement enclin à la mélancolie, et c'est à lui que l'anecdote a été attribuée. (Voy. Ém. Deschanel, *la Vie des comédiens*, 2me partie, chap. XVIII.)

Une réponse qui rappelle celle du médecin Diétis fut adressée un jour à Collin d'Harleville (1755-1806). M. Daru, qui lui succéda à l'Académie, disait dans son discours de réception, le 13 août 1806 :

« La faiblesse de sa santé lui donnait assez habituellement cette mélancolie qu'on aime à retrouver dans ses ouvrages, et qui lui valut un jour de la part de quelqu'un qui ne le connaissait pas, le conseil d'aller voir l'*optimiste*. »

Collin d'Harleville était précisément l'auteur de cette comédie, qui fut représentée au Théâtre-Français le 22 février 1788.

DUÈGNE.

«... Une duègne, affreuse compagnonne,
Dont le menton fleurit et dont le nez trognonné. »

Victor Hugo. *Ruy Blas* (1838) ; acte IV, scène VII, rôle de don César de Bazan.

On a supposé, peut-être sans raison sérieuse, qu'en écrivant ce vers Victor Hugo avait pensé à un M. Trognon, ancien précepteur et secrétaire des commandements du prince de Joinville. (Voy. Maxime Du Camp, *Souvenirs littéraires,* t. I, p. 149.)

EAU.

« Que d'eau ! que d'eau ! »

On s'est plu à prêter quelques mots un peu naïfs au maréchal de Mac Mahon. On raconte, par exemple, qu'arrivant un jour à Toulouse alors que le pays était dévasté par les inondations, il se serait écrié, en voyant les débordements de la Garonne : « *Que d'eau ! que d'eau !* »

L'abbé Berry, dans son intéressante brochure sur *Mac Mahon* (Autun, 1895, p. 65) explique ainsi cette exclamation :

Le maire de Toulouse, voulant recevoir dignement le Président de la République, avait commencé à lui débiter un long et ennuyeux discours. C'est alors que le maréchal, pour couper court à ce déluge de paroles, aurait dit, en regardant les plaines envahies par les eaux, le mot pour lequel on l'a si mal à propos plaisanté.

ÉCRITURE.

« Donnez-moi six lignes de l'écriture d'un homme, et je me charge de le faire pendre. »

On fait souvent allusion à cette parole fameuse qu'on attribue volontiers à Laubardemont, et dont on pourrait citer de nombreuses variantes. Le désaccord des citateurs porte surtout sur le nombre des lignes : chez les uns c'est quatre, chez d'autres, les moins exigeants, ce n'est que deux.

Le seul document précis que nous ayons à citer est

un passage des *Mémoires* de Mme de Motteville (1621-1689), où il est dit, à propos du chevalier de Jars, compromis dans les intrigues contre le cardinal de Richelieu, et alors emprisonné à Troyes :

« Laffemas avoit promis au ministre qu'il le tour-menteroit si bien qu'il en tireroit à peu près ce qu'il désiroit savoir, et que sur peu de mal il trouveroit les moyens de lui faire son procès selon les manières mêmes du cardinal, qui, à ce que j'ai ouï conter à ses amis, avoit accoutumé de dire qu'avec deux lignes de l'écriture d'un homme on pouvoit faire le procès au plus innocent, parce qu'on pouvoit sur cette matière ajuster si bien les affaires, que facilement on y pou-voit faire trouver ce qu'on voudroit. »

(1re éd., 1723, t. Ier, p. 58.)

Rappelons ici un propos attribué à Voltaire :

Il aurait dit « que pour juger de ce que valait un écrivain, il lui suffirait de recevoir de lui une lettre de six lignes ».

(*Pièces intéressantes et peu connues*, par Pierre Antoine de La Place, t. IV, 1785, p. 210.)

**

L' « écriture artiste ».

On s'accorde à attribuer la création de cette formule singulière au raffiné *styliste* Edmond de Goncourt.

Voici ce qu'il écrivait dans la préface des *Frères Zemganno*, datée du 23 mars 1879 (p. VIII) :

« Le Réalisme, pour user du mot bête, du mot dra-peau, n'a pas en effet l'unique mission de décrire ce qui est bas, ce qui est répugnant, ce qui pue ; il est venu au au monde, aussi, lui, pour définir dans de l'écriture *artiste*, ce qui est élevé, ce qui est joli, ce qui sent bon... »

Dans son étude sur Edmond et Jules de Goncourt,
M. Jules Lemaître les appelait « les frères siamois de
l'écriture artiste », et appréciait ainsi leur procédé,
par lequel ils touchent de près aux « décadents » :

« On ne saurait étudier leurs descriptions sans parler
en même temps de leur style ; car c'est la volonté de
peindre plus qu'on n'avait fait encore qui les a conduits à se faire une langue, à inventer à leur usage
une « écriture artiste », comme dit M. Edmond de
Goncourt. L'expression est juste, quoique bizarre. »

(*Les Contemporains*, 3ᵉ série, 1887, p. 38 et 75.)

Les écrivains de cette école ont, en effet, la préten-
tion peu réalisable de peindre avec des mots comme un
peintre avec des couleurs. Il en est même qui ont
poussé la fantaisie jusqu'à établir une étroite relation
entre les lettres et les couleurs. On sait qu'Arthur
Rimbaud, l'un des trois *Poètes maudits* que Paul
Verlaine présentait au public en 1884, avait composé un sonnet des *Voyelles*, commençant ainsi :

A noir, E blanc, I rouge, U vert, O bleu, voyelles...

La cause première de cette tendance serait, d'après
M. Lemaître, l'entrée dans la vie littéraire d'hommes
préalablement versés dans les arts plastiques, tels
que Flaubert et Théophile Gautier.

Si l'on essaie d'analyser les procédés mis en œuvre par
les « esthètes » voués à l'écriture artiste ou au genre
décadent, voici quelques-uns des caractères particuliers
que l'on peut observer :

Application à la prose des licences réservées jusqu'ici à la poésie ;

Transposition des mots, par exemple, du substantif

et de l'adjectif, du verbe et du régime, contrairement à
à l'usage reçu ;

Mots vieillis ou hors d'usage (exemple : *idoine à* au
lieu de *propre à* ;

Mots détournés de leur sens habituel (*falot*, signifiant décoloré, sans éclat, et non plus cocasse, ridicule,
peut-être par analogie avec le substantif) ;

Mots tirés directement du latin (*abscons, amène,
orbe*) ;

Mots empruntés aux vocabulaires scientifiques spéciaux ;

Mots forgés avec d'autres mots français (*envolée,
ensoleillement, veulerie, plumuleux, tremblance, som-
nambuler*).

On arrive, grâce à cet ensemble de procédés, à cons-
tituer un jargon qui ressemble fort à un argot, c'est-à-
dire parfaitement inintelligible pour les profanes.

Ceux qui seraient tentés de pénétrer plus complètement les secrets de cette langue nouvelle, — combien
suave ! — pourront consulter avec fruit, outre quelques
recueils spéciaux tels que la *Revue indépendante*
(1884), les *Écrits pour l'Art* (1887), les *Entretiens politiques et littéraires* (1890), etc., le *Petit Glossaire* dans
lequel M. Jacques Plowert a réuni, en 1888, plus de 400
mots employés par les « décadents » et les « symbo-
listes », afin d'initier les profanes « au prestige her-
métique des vocables ».

Ce volume, souvent curieux, nous a appris que le mot
décadent, déjà employé par Gautier, Flaubert et Goncourt dans le sens de raffinement littéraire, aurait été
appliqué pour la première fois par M. Maurice Barrès,
à Verlaine et à son groupe, lors de l'apparition des
Poètes maudits.

Dans les *Taches d'encre*, M. Barrès leur a effective-

vement consacré un chapitre intitulé : *les Décadents*,
dans lequel il disait :

« Ils se complaisent aux plus hideuses maladies
pourvu qu'elles soient rares, et poussent l'amour de
l'unique jusqu'au culte du décadent. »

Outre Paul Verlaine, Stéphane Mallarmé et Maurice
Rollinat, M. Barrès comprenait dans ce groupe Catulle
Mendès, Pierre Loti (avec *Fleurs d'ennui* et *Mon frère
Yves*), Francis Poictevin, « ce curieux Japonais
d'Heidelberg », Huysmans, et les deux Goncourt, « ces
deux artistes merveilleux », dont l'effort « aboutit à
désarticuler la prose comme fait Verlaine du vers ».

(N° du 5 décembre 1884, p. 36-37.)

Et voici ce que pensait Verlaine du qualificatif qu'on
lui infligeait. Nous empruntons ce dialogue à l'*Enquête
sur l'évolution littéraire*, de M. Jules Huret (1891,
p. 71) :

« — Comment se fait-il que vous ayez accepté l'épithète de décadent, et que signifiait-elle pour vous ?
» — C'est bien simple. On nous l'avait jetée comme
une insulte, cette épithète ; je l'ai ramassée comme cri de
de guerre ; mais elle ne signifiait rien de spécial, que
je sache. Décadent ! Est-ce que le crépuscule d'un beau
jour ne vaut pas toutes les aurores !... »

Déjà il avait dit dans sa préface des *Poètes maudits*,
dont les vers étaient accompagnés de portraits :

« De même que les vers de ces chers Maudits sont
très posément écrits, de même leurs traits sont calmes,
comme de bronze un peu de décadence, mais qu'est-ce
que décadence veut bien dire au fond ? »

Guy de Maupassant nous paraît avoir jugé très sainement les fantaisies de langage des écoles décadente et symboliste, dans sa préface de *Pierre et Jean* (septembre 1887, p. XXXIII). Résumant les préceptes qu'il tenait de Gustave Flaubert, il écrivait :

« Quelle que soit la chose qu'on veut dire, il n'y a qu'un mot pour l'exprimer, qu'un verbe pour l'animer, qu'un adjectif pour la qualifier. Il faut donc chercher, jusqu'à ce qu'on les ait découverts, ce mot, ce verbe et cet adjectif, et ne jamais se contenter de l'à peu près, ne jamais avoir recours à des supercheries, même heureuses, à des clowneries de langage pour éviter la difficulté...

» Il n'est point besoin du vocabulaire bizarre, compliqué, monstrueux et chinois qu'on nous impose aujourd'hui sous le nom d'écriture artiste, pour fixer toutes les nuances de la pensée...

» Efforçons-nous d'être des stylistes excellents plutôt que des collectionneurs de termes rares. »

Voltaire s'élevait énergiquement contre l'abus des néologismes :

« N'employez jamais un mot nouveau, disait-il dans ses *Conseils à un journaliste*, à moins qu'il n'ait ces trois qualités : d'être nécessaire, intelligible, et sonore. Des idées nouvelles, surtout en physique, exigent des expressions nouvelles ; mais substituer à un mot d'usage un autre mot qui n'a que le mérite de la nouveauté, ce n'est pas enrichir la langue, c'est la gâter. »

Voici enfin l'opinion exprimée par un fin lettré, M. Émile Deschanel, dans *les Déformations de la langue française* (1898, p. 202) :

« On veut du nouveau, quel qu'il soit. Si l'on ne sait pas le mettre dans les idées, on le met dans les mots. On entremêle des néologismes souvent mal faits et des archaïsmes mal entendus. Décalquant en français les vocables latins comme « l'écolier limousin » de Rabelais, on ne paraît pas se douter que, si cette pédanterie était déjà risible il y a trois cents ans, elle l'est encore bien plus aujourd'hui. — Et voilà la prose nouvelle, faisant gloire d'employer des expressions « désuètes. »

Parmi les maîtres qui les premiers ont pratiqué l'écriture artiste, il faut assurément placer Victor Hugo, surtout à partir des *Misérables* (1862). Il y a dans ce beau roman, dans *les Travailleurs de la mer*, dans *l'Homme qui rit*, etc., nombre de phrases qui appartiennent à l'écriture artiste. Seulement le grand poète savait tout animer et ennoblir de son puissant génie.

ÉGOISME.

L'amour est un égoïsme à deux.

On met en général cette pensée sur le compte d'une femme d'un grand esprit : Mme de Staël.

M. Édouard Fournier déclare pourtant qu'elle ne se trouve pas dans ses œuvres. (*L'Esprit des autres*, 8me éd., p. 388.) Il n'y a relevé d'approchant que cette phrase, dans son chapitre sur *les Femmes* :

« Leur personnalité est toujours à deux, tandis que celle de l'homme n'a que lui-même pour but. » (*De l'Allemagne*, Ire partie, chap. III.)

Nous signalerons encore ces lignes, extraites d'un autre ouvrage du même auteur :

« Il est heureux, dit-elle à propos du mariage, dans la route de la vie, d'avoir inventé des circonstances qui, sans le secours même des sentiments, confondent deux égoïsmes au lieu de les opposer. » (*De l'Influence des passions*, 1818 ; 2me section, chap. III.)

Mais ce n'est pas là encore la formule cherchée.

Celle-ci a aussi été vaguement attribuée à Antoine de Lassalle, le philosophe du XVIII° siècle, auteur du *Désordre régulier* (1786) et de *la Balance naturelle* (1788).

ÉLÉPHANT.

« La baleine et l'éléphant. »

On a raconté que M. de Bismarck, voulant un jour faire comprendre toute l'invraisemblance d'une guerre entre l'Angleterre et la Russie, l'avait assimilée au combat de la baleine et de l'éléphant.

D'après le *Dictionnaire des Contemporains* de Vapereau, il aurait dit, dans un entretien particulier : « Je n'ai jamais vu un poisson faire la guerre à un cheval. » C'est le même mot sous une autre forme.

Au commencement de 1878, alors que l'Europe s'inquiétait des suites de la guerre turco-russe, le *Journal des Débats* eut avec la *Post* de Berlin une discussion sur la perspicacité de M. de Bismarck en matière politique.

Dans un article du 16 avril, le journal français passait en revue quelques « paroles ailées » du chancelier, relatives aux affaires d'Orient, et s'efforçait de démontrer que toutes ses prévisions se trouvaient contredites par les événements. La *Post*, dont la réponse fut reproduite dans les *Débats* du 26, relevait un à un les arguments présentés par son confrère parisien.

Voici les mots qui faisaient l'objet de cette discussion :

1° Le « petit brin d'Herzégovine » (ein Bisschen Herzegowina), le seul petit nuage à l'horizon, avait dit M. de Bismarck, le 18 décembre 1875 (d'après la *Post*), devant quelques membres du Parlement ;

2° « La question orientale ne vaut pas pour l'Allemagne les os d'un grenadier poméranien. » — M. de Bismarck avait dit exactement, au Reichstag, le 5 décembre 1876 : « Les os en bon état (*gesunden Knochen*) d'un simple fusilier poméranien. » (Voy. le t. VII de ses *Discours*, p. 28.)

3° « Les Russes sont, dans les positions qu'ils ont conquises sur les Turcs, à l'état de *beati possidentes* », mot auquel les *Débats* croyaient juste de substituer « *miseri possidentes* ».

4° Le rôle de l'Allemagne doit être celui « d'un honnête courtier » (ehrlichen Mäklers).

Ces deux dernières paroles ailées se trouvent dans son discours du 19 février 1878. (Même volume, p. 118 et 123.)

5° On citait enfin le combat de la baleine et de l'éléphant.

Ce mot a inspiré au caricaturiste Caran d'Ache un amusant dessin publié dans *le Figaro* du 15 août 1898.

EMBÊTER.

Grassot embêté par Ravel.

On fait constamment allusion à cette formule, qui sert de titre à un petit acte de Paul Siraudin, représenté en août 1850 sur le théâtre de la Montansier (Palais-Royal).

Grassot et Ravel tenaient eux-mêmes les rôles qui portaient leurs noms.

Grassot, dégoûté du théâtre, s'est décidé à vivre dans la retraite. Ravel tombe chez lui à l'improviste, s'y installe, casse la vaisselle, bouleverse le mobilier, le tout pour guérir Grassot de son accès de misanthropie. Tout cela n'est ni très logique, ni bien amusant, du moins à la lecture, et l'on conçoit qu'il ne soit resté de cette pochade qu'une formule qui, avec un simple changement dans les noms, trouve de faciles applications.

EMPEREUR.

« Un empereur doit mourir debout. »

L'empereur Vespasien (an 7-79 de J.-C.), se sentant atteint de la fièvre, se rendit à Cutilies, dans le pays des Sabins.

« Là, dit Suétone, son mal augmenta... Il n'en remplissait pas moins les devoirs de sa dignité avec autant d'exactitude qu'auparavant : il recevait même au lit les députations qu'on lui envoyait. Mais se sentant tout à coup défaillir à la suite d'un flux du ventre, « un » empereur, dit-il, doit mourir debout », et, dans le moment même où il s'efforçait de se lever, il expira entre les mains de ceux qui l'y aidaient. »

(*Vie de Vespasien*, chap. XXIV, trad. de l'éd. Nisard.)

On cite du roi Louis XVIII un mot qui n'est pas moins admirable que celui de l'empereur romain.

Ceci se passait trois semaines environ avant sa mort, qui eut lieu le 16 septembre 1824 :

« Le 25 août, jour anniversaire de sa fête, écrit Vaulabelle, il avait surmonté son affaiblissement pour recevoir, avec le cérémonial accoutumé, les hommages et les félicitations des membres de sa famille, du corps diplomatique, des autorités civiles et militaires de tous les ordres, et des officiers de la garde nationale. La réception dura trois heures. Vainement on l'avait prié de s'épargner l'inutile fatigue de ces représentations. « Un » roi de France peut mourir, avait-il répondu ; il n'est » jamais malade. »

(Histoire des deux Restaurations, 1858, tome VII, p. 73-74.)

* *

« **Vous êtes empereur, seigneur, et vous pleurez.** »

(Supplément.)

Nous empruntons à la *Correspondance* de Grimm (février 1783) une bien jolie allusion au vers de Racine.

A propos du *Bon ménage ou la Suite des deux Billets,* arlequinade du chevalier de Florian, représentée à la Comédie-Italienne le 17 janvier 1783, le rédacteur fait remarquer que Florian a prêté au personnage d'Arlequin une sensibilité inconnue jusqu'alors, et il ajoute :

« On est tenté de lui dire quelquefois : Vous êtes Arlequin, seigneur, et vous pleurez ! Mais il pleure de si bonne grâce qu'il y aurait de l'humeur à le trouver mauvais. »

ENNEMI.

« **Le corps d'un ennemi mort sent toujours bon.** »

Parole fameuse de l'empereur Vitellius, visitant le champ de bataille de Bédriac (19 avril 69).

Voici en quels termes Suétone rapporte cet épisode :

« Arrivé dans la plaine où s'était livrée la bataille, et voyant quelques-uns des siens reculer d'horreur devant les cadavres en putréfaction, il dit ce mot exécrable : Un ennemi tué sent toujours bon, surtout quand c'est un citoyen. (Optime olere occisum hostem, et melius civem.) Toutefois, pour corriger la mauvaise odeur, il se mit à boire du vin pur... »

(Vitellius, chap. X, trad. de l'éd. Nisard.)

Dion Cassius (*Histoire romaine*, liv. LXV, 1) et Tacite *(Histoires*, liv. II, LXVI) parlent tous deux de l'odieuse insensibilité de Vitellius en cette circonstance, sans mentionner le mot qui lui est attribué.

D'après Brantôme, Charles IX se serait exprimé de la même façon, en présence du cadavre de Coligny, au lendemain des massacres de la Saint-Barthélemy.

« Quelques jours, écrit-il, amprès que M. l'admiral fut tué et porté à Montfaucon pendu par les piedz, ainsi qu'il commançoit à rendre quelque senteur le roy l'alla voir. Aucuns qui estoient avecques luy bouchoient le nez à cause de la senteur, dont il les reprit et leur dit : « Je ne le bousche comme vous autres, car » l'odeur de son ennemy est très bonne ; » odeur certes point bonne, et la parolle aussy mauvaise. »

(*Hommes illustres et grands capitaines françois ; quatriesme livre ; Charles IX.*)

ENRICHIR.

« Enrichissez-vous! »

(Supplément.)

Nous connaissons enfin l'origine de ce mot.

Le 1ᵉʳ mars 1843, à l'occasion d'une loi relative aux fonds secrets, quelques députés de l'opposition attaquèrent vivement M. Guizot, ministre des affaires étrangères, sur sa politique intérieure et extérieure. Ils lui reprochaient notamment de faire trop longtemps attendre les réformes désirées, entre autres la réforme électorale.

M. Dufaure déclara qu'après avoir soutenu pendant deux ans le ministère du 29 octobre (1840), il se décidait à se séparer de lui, ainsi que ses amis, qui composaient ce qu'on appelait alors le *tiers parti*.

M. Guizot, sans s'opposer en principe aux réformes demandées, en contestait l'opportunité. Selon lui, le progrès à accomplir devait consister, pour le moment présent, à apprendre l'usage des droits sociaux et politiques conquis par la révolution.

« A présent, disait-il, usez de ces droits ; fondez votre gouvernement, affermissez vos institutions, éclairez-vous, ENRICHISSEZ-VOUS, améliorez la condition morale et matérielle de notre France : voilà les vraies innovations ; voilà ce qui donnera satisfaction à cette ardeur de mouvement, à ce besoin de progrès qui caractérise cette nation. »

(*Moniteur* du 2 mars, p. 345, col. 2. — Guizot, *Histoire parlementaire de la France*, t. IV, p 68.)

Nous n'avons trouvé aucun commentaire sur le mot de M. Guizot dans les journaux du temps, qui n'en faisaient même pas mention dans leurs comptes rendus de la Chambre.

C'est plus tard seulement que les ennemis de M. Guizot l'exhumèrent pour s'en faire une arme contre le gouvernement de juillet, qu'ils accusaient d'être exclusivement dominé par la préoccupation des intérêts et des jouissances matériels.

Le mot de M. Guizot ayant toujours été soigneusement isolé du reste de son discours, ce n'est pas sans peine qu'on est parvenu à en découvrir l'origine et à lui restituer son véritable sens. Une note insérée dans *l'Intermédiaire des Chercheurs* du 22 novembre 1899 (t. XL, col. 869) nous a rendu ce double service.

ENTENTE.

L'entente cordiale.

(Supplément.)

En 1897, une association anglo-française fut fondée sous le titre de « *l'entente cordiale* », ayant pour but d'améliorer les bonnes relations entre l'Angleterre et la France.

Malgré les efforts du comité de Londres qui, sous la présidence de sir Arthur Arnold, tint sa première réunion le 11 juin, cette association paraît avoir été accueillie avec quelque froideur dans le monde politique anglais.

Au commencement de l'année 1898, quelques difficultés s'étant élevées entre la France et l'Angleterre, c'était bien pour *l'entente cordiale* l'occasion de se montrer. M. Philip Stanhope, député à la Chambre des communes et fondateur de la société, ayant été interrogé à ce sujet, répondit par une lettre publiée dans *le Matin* du 14 mars 1898. Il déclarait ignorer si le comité avait l'intention d'agir, mais ne le supposait pas, croyant se rappeler qu'il « avait pris la résolution de s'abstenir de toute intervention dans les questions politiques ». On se demande alors à quoi pouvait bien servir *l'entente cordiale.*

ÉPINARD.

C'est comme les épinards...

Tout le monde a entendu et répété cette bonne plaisanterie, depuis longtemps proverbiale.

Voici sous quelle forme on la trouve dans un recueil d'anecdotes intitulé : *Paris, Versailles et les provinces au XVIIIe siècle*, par un ancien officier aux gardes françaises (tome II, 1817, p. 346) :

« Mme de B...., disait un jour naïvement étant à table :
« Mon Dieu, je suis bien heureuse de ne point aimer les
» épinards, car j'en mangerais, et je ne puis pas les
» souffrir. »

Mme Campan faisait quelque cas de cet ouvrage, dont
l'auteur est le Mis Dugast de Bois Saint-Just.

« Ce recueil, écrivait-elle en tête de ses *Anecdotes*,
est plein d'anecdotes piquantes, et presque toutes ont
été reconnues pour vraies par les contemporains de
l'auteur. »

(*Mémoires*, t. III, 1826, p. 2.)

Il est presque superflu de faire remarquer l'extrême
utilité de ce genre de dictons. Ils permettent, grâce à une
simple allusion, d'exprimer une idée complexe avec plus
de précision qu'on ne pourrait le faire à l'aide d'une
longue explication.

ERREUR.

Vérité en deçà, erreur au delà.

On lit dans les *Pensées* de Blaise Pascal (1re partie,
chap. *De la justice. Coutumes et préjugés*) :

« Trois degrés d'elevation du pole renversent toute
la jurisprudence, un meridien decide de la verité, en
peu d'années de possession, les loix fondamentales
changent, le droit a ses epoques, l'entrée de Saturne
au Lion nous marque l'origine d'un tel crime. Plaisante
justice qu'une riviere borne ! Verité au deça (*sic*) des
Pyrenées, erreur au delà. »

(Éd. A. Molinier, t. I, 1877, p. 92.)

Avant Pascal, Montaigne, remarquant que les lois
changent avec les temps et avec les pays, avait écrit :

« Quelle bonté est ce, que ic veoyois hier en credit,

et demain ne la sera plus ; et que le traicet d'une
riviere faict crime ? Quelle verité est ce que ces
montaignes bornent, mensonge au monde qui se tient
au delà ? »

(*Essais*, livre II, chap. XII ; éd. Lefèvre, 1823, t. III,
p. 304.)

Pourquoi ne pas citer aussi ces réflexions de l'illustre
Gobseck, exposant sa philosophie à l'avoué Derville,
dans les *Scènes de la vie privée*, de Balzac :

« Mes principes ont varié comme ceux des hommes,
j'en ai dû changer à chaque latitude. Ce que l'Europe
admire, l'Asie le punit, ce qui est un vice à Paris est
une nécessité quand on a passé les Açores. Rien n'est
fixe ici-bas, il n'y existe que des conventions qui se
modifient suivant les climats. »

Balzac a daté *Gobseck* de janvier 1830.

ÉTAT.

« L'État, c'est moi. »

Comme tant d'autres mots historiques, celui-ci est
d'une authenticité fort douteuse.

Le 20 mars 1655, le cardinal Mazarin avait fait enregistrer par le parlement plusieurs édits bursaux, dont
l'un, soit dit en passant, relatif à la marque du papier
et du parchemin pour actes notariés, a donné naissance
à l'impôt du timbre.

Le parlement ayant manifesté l'intention d'annuler
ces édits, Louis XIV, alors âgé de dix-sept ans, décidé
à les maintenir, se présenta lui-même devant cette
assemblée, dans un lit de justice tenu le 13 avril suivant,
pour lui signifier sa volonté, très certainement inspirée
par Mazarin.

« C'est ici, écrit M. Chéruel dans son *Histoire de
l'Administration monarchique en France* (1855, t. II,
p. 32), que l'on place, d'après une tradition suspecte,
le récit de l'apparition de Louis XIV dans le parlement,
un fouet à la main, et qu'on lui prête la réponse fameuse
au premier président (Pomponne de Bellièvre) qui parlait
de l'intérêt de l'État : « L'État, c'est moi. »

D'après les *Mémoires* de Montglat (21me campagne),
qui place cette anecdote au 10 avril, le roi serait venu
« le matin au parlement, en justaucorps rouge et
chapeau gris, accompagné de toute sa cour en même
équipage : ce qui était inusité jusqu'à ce jour. »

Comme le roi arrivait de Vincennes, où il allait
souvent chasser, on a pu supposer qu'il était alors dans
sa tenue de chasseur. Mais cela est d'autant moins
probable qu'avant de se rendre au parlement, il était
entré à la Sainte-Chapelle.

M. Louis Vian, dans un intéressant article de la
Revue des questions historiques du 1er octobre 1882 :
Louis XIV au parlement, estime que le roi devait être
en costume convenable, et que la légende du fouet a
été imaginée par Voltaire, dans l'intérêt de la mise en
scène. (Voy. le *Siècle de Louis XIV*, chap. XXIV.)

Quant aux paroles du roi, les voici telles que nous les
avons relevées sur les registres manuscrits du parlement à la date du mardi 13 avril 1655 :

« Ledict seigneur Roy a dict, Messieurs, chacun
sçait les malheurs qu'ont produit les assemblées du
parlement. Je veux les prévenir et que l'on cesse celles
qui sont commencées sur lois et édictz que j'ay aportés,
lesquels je veux être exécutés. Monsieur le premier
président, je vous deffend de souffrir aucunes assemblées et a pas un de vous de la demander. Et aussy
tost s'est retiré. » (*Conseil secret*, archives nat.,
registre coté X^{1A}, 8390, fol. 90 R°.)

Il paraît donc bien certain que, si Louis XIV a jamais
prononcé le mot brutal qu'on lui prête, ce ne fut pas
en cette circonstance. Ce ne dut pas être non plus
pendant toute la période de son règne qui précéda la
mort de Mazarin (9 mars 1661). On sait qu'alors il était
plus occupé de ses plaisirs que du gouvernement de son
royaume, laissant au cardinal la haute direction des
affaires de l'État.

Ce n'est que lorsqu'il perdit son premier ministre qu'il
prit personnellement possession du pouvoir. L'abbé de
Choisy rapporte, au chapitre II de ses *Mémoires*, que
le lendemain de la mort de Mazarin, l'archevêque de
Rouen dit au roi : « Sire, j'ai l'honneur de présider à
l'assemblée du clergé de votre royaume. Votre Majesté
m'avoit ordonné de m'adresser à M. le cardinal pour
toutes les affaires : le voilà mort ; à qui veut-elle que
je m'adresse à l'avenir ? — A moi, M. l'archevêque »,
aurait répondu le roi.

Si le fameux mot n'a pas été dit, il faut reconnaître
qu'il résume fort exactement la pensée intime de
Louis XIV dans toute la suite de son règne, et les idées
qu'on se plaisait à entretenir autour de lui.

Bossuet, dans sa *Politique tirée des propres paroles
de l'Écriture sainte*, ouvrage composé pour le dauphin,
disait :

« La majesté est l'image de la grandeur de Dieu dans
le prince.

» Dieu est infini, Dieu est tout. Le prince, en tant
que prince, n'est pas regardé comme un homme particulier : c'est un personnage public, TOUT L'ÉTAT EST EN
LUI ; la volonté de tout le peuple est renfermée dans la
sienne. »

(Livre V, art. 4, 1ʳᵉ proposition.)

M. Lémontey, dans son *Essai sur la monarchie de*

Louis XIV, cite ce passage d'un cours de droit public rédigé, par ordre du roi, sous la direction du Mis de Torcy, pour l'instruction du duc de Bourgogne :

« La France est un état monarchique dans toute l'étendue de l'expression. Le roi y représente la nation entière, et chaque particulier ne représente qu'un seul individu envers le roi... La nation ne fait pas corps en France. Elle réside tout entière dans la personne du roi. »

M. Lémontey est de ceux qui acceptent pour authentique le mot de Louis XIV : « Le Coran de la France, dit-il, fut contenu dans quatre syllabes, et Louis XIV les prononça un jour : « L'État c'est moi. » (1re édit., 1818, p, 327.)

Il est vrai, ce qui atténue singulièrement la valeur de son opinion, qu'il accueille et réédite bien légèrement, un peu plus loin (p. 356), la version de Voltaire.

EXPLOITATION.

« L'exploitation de l'homme par l'homme. »

Vieille rengaine que nous resservent périodiquement les philanthropes et les socialistes. C'est un de ces mots à effet, de ces lieux communs dont on a abusé pour légitimer les revendications des prolétaires contre les « infâmes » capitalistes qui « s'engraissent de la sueur du peuple ».

Cette précieuse formule a été inventée, en 1828, paraît-il, par les saint-simoniens.

Dès cette année, nous la voyons figurer dans une lettre du père Enfantin à sa cousine Thérèse Nugues (du 15 novembre).

Le continuateur de Saint-Simon, exposant sa doctrine au double point de vue religieux et politique, écrivait :

« Le principe de l'exploitation *sans travail de l'homme par l'homme* a dirigé en partie les actes humains et a donné son caractère à nos lois civiles sur la propriété, à celles qui traitent encore les femmes comme des mineurs, qui les font désirer pour leurs dots et non pour leurs vertus, etc. »

(*Œuvres de Saint-Simon et d'Enfantin*, t. XXV, 1872, p, 109, note.)

En 1840, au banquet du XIIe arrondissement, manifestation en faveur de la réforme électorale, le banquier Goudchaux proclamait « la nécessité de régénérer le travail, soumis aujourd'hui à l'exploitation de l'homme par l'homme ». (Thureau-Dangin, *Histoire de la Monarchie de juillet*, t. IV, p. 182.).

Le 16 avril 1848, les corporations arboraient des bannières avec cette inscription : *Abolition de l'exploitation de l'homme par l'homme*. (*Annuaire historique*, p. 162.)

Peut-être va-t-on nous reprocher de traiter avec trop peu de respect une formule qui, après tout, a sa valeur, et qui, alors qu'elle était encore dans sa fraîcheur et n'était pas tombée au rang de vieux cliché, a excité l'admiration d'hommes dont le jugement n'est pas à dédaigner.

Henri Heine disait, dans la préface de ses *Reisebilder* (*Tableaux de voyage*), datée de 1834 (p. 4) :

« La belle formule que nous devons, ainsi que beaucoup d'excellentes choses, aux saint-simoniens, *l'exploitation de l'homme par l'homme*, nous conduit bien par delà toutes les déclamations sur les privilèges de la naissance. »

FABLE.

Fable convenue.

(Supplément.)

Nous avons vu que Fontenelle, au dire de Voltaire, appelait les histoires anciennes des « fables convenues ».

Dans sa longue dissertation sur *l'Origine des fables*, il déclarait que l'histoire ancienne est un amas de chimères, de rêveries et d'absurdités :

« Il n'y a point, écrivait-il, d'autres histoires anciennes que les fables. »

Et plus loin :

« Mettez un peuple nouveau sous le pôle, ses premières histoires seront des fables... Les faits dont on gardera le souvenir ne seront (pendant plusieurs siècles) que des visions et des rêveries. »

(*Œuvres de Fontenelle*, 1742, t. III, p. 270, 287 et suiv.)

FANFARE.

C'est un sale coup pour la fanfare !

Voici quelle serait l'origine de ce dicton, d'après une note que nous trouvons dans *l'Intermédiaire des chercheurs* du 22 juin 1900 (t. XLI, col. 1039). Nous la reproduisons en en laissant à son auteur, M. Gustave Fustier, toute la responsabilité :

« C'était le 4 août 1870, à Wissembourg ; le 1er tirailleurs se préparait à attaquer le plateau de Schwecken, quand les Bavarois ouvrirent le feu. Le premier soldat atteint fut un caporal-tambour qui eut la jambe emportée, puis, ce furent les musiciens qui, décimés, jetèrent leurs instruments et prirent leur fusil. C'est en voyant ce désarroi qu'un Parisien, capitaine engagé aux tirailleurs, s'écria en riant : Sale coup pour la fanfare ! »

C'est possible, mais il serait intéressant de citer quelque témoignage contemporain.

FÉMINISTE.

Féministe.

Voici un mot dont l'origine, de date assez récente, peut être établie avec la plus grande précision.

Il a été employé pour la première fois par M. Alexandre Dumas fils dans sa brochure *l'Homme-femme*, publiée en 1872, avec la signification qu'il a conservée.

On lit à la page 91 de cet opuscule :

« Les *féministes*, passez-moi ce néologisme, disent, à très bonne intention d'ailleurs :
» Tout le mal vient de ce qu'on ne veut pas reconnaître que la femme est l'égale de l'homme et qu'il faut lui donner la même éducation et les mêmes droits qu'à l'homme... »

Dans sa réponse à M. Dumas fils : *l'Homme qui tue et l'homme qui pardonne* (p. XII), M. Henry d'Ideville a relevé le mot, dont le succès a été croissant dans ces dernières années, grâce au courant d'opinion qui s'est manifesté en faveur de la revendication des droits de la femme.

FEMME.

« Ça manque de femmes ! »

Nous trouvons pour la première fois ce mot rapporté

par M. Jules Claretie dans les *Petites nouvelles* du *Figaro*, à la date du 25 octobre 1863.

Il le citait comme ayant été dit par Sainte-Beuve à propos de *la Vie de Jésus*, de Renan, qui venait de paraître.

Peut-être n'était-ce là qu'un emprunt à quelque vaudeville contemporain, que nos recherches ne nous ont pas fait découvrir.

Quelques jours après l'incendie du Bazar de la charité (4 mai 1897), où tant de femmes et quelques hommes trouvèrent une mort horrible, le souvenir de de ce mot inspira à M. Ranc une cruelle réflexion :

« Au lendemain de la catastrophe, écrivait-il dans *le Radical* du 14 mai, une brave femme, après avoir lu la première liste des morts, disait dans son langage populaire : « Ça manque d'hommes ! »

*
* *

« Toutes les femmes de ce pays sont rousses et acariâtres. »

Voltaire écrivait, en 1750, dans son ouvrage : *Des mensonges imprimés* (§ XXXIII) :

« C'est surtout dans les voyageurs qu'on trouve le plus de mensonges imprimés... je ne parle que de ceux qui nous trompent en disant vrai, qui ont vu une chose extraordinaire dans une nation, et qui la prennent pour une coutume... Ils ressemblent à cet Allemand qui, ayant eu une petite difficulté à Blois avec son hôtesse, laquelle avait les cheveux un peu trop blonds, mit sur son album : « *Nota bene*, toutes les dames de Blois » sont rousses et acariâtres. »

Ce trait de naïveté a été mis sur le compte de l'historien anglais Tobie Smollett (1721-1771). Cette attri-

bution paraît insoutenable, si l'on songe qu'il vint pour
la première fois en France en 1750, l'année même où
Voltaire écrivait, et que son grand voyage en France
et en Italie date de 1763-1765.

FIEL.

Aucun fiel n'a jamais empoisonnné ma plume.

C'est le seul trait qu'on ait retenu du discours de réception en vers, que Crébillon prononça à l'Académie française le 27 septembre 1731 (vers 13ᵐᵉ). L'idée en fut
trouvée si juste que l'assemblée l'accueillit par d'una-
nimes applaudissements. (Voy. les *Œuvres* de Crébillon,
éd. P. Didot, 1818, t. I, p. 13 de la Notice, et t. II,
p. 339.)

**

Tant de fiel entre-t-il dans l'âme des dévots?

Boileau. *Le Lutrin*, poème héroï-comique en six
chants (1674) ; chant Iᵉʳ, vers 12.

On sait qu'au début de ce poème, Boileau a imité
quelques-uns des premiers vers de l'*Énéide* ; il traduisait ici le 11ᵉ :

...Tantœne animis cœlestibus irœ ?

(De telles haines entrent-elles dans l'âme des dieux ?)

FIÈVRE.

Va te coucher, Basile, tu sens la fièvre.

Allusion proverbiale à cette fameuse scène du *Barbier
de Séville* (23 février 1775), où le comte Almaviva,
Figaro et Rosine cherchent à se débarasser de Bazile,
dont la présence les importune :

LE COMTE.

Allez vous coucher, mon cher Bazile, vous n'êtes pas bien, et vous nous faites mourir de frayeur. Allez vous coucher.

FIGARO.

Il a la physionomie toute renversée. Allez vous coucher.

BARTHOLO.

D'honneur il sent la fièvre d'une lieue. Allez vous coucher.

ROSINE.

Pourquoi êtes-vous sorti ? On dit que cela se gagne. Allez vous coucher.

(Acte III, scène XI.)

L'idée est d'un bon comique et l'on ne peut que féliciter Beaumarchais de l'excellent parti qu'il en a su tirer, mais il est difficile de lui reconnaître ici le mérite de l'invention.

On trouve effectivement, dans les *Mémoires* du cardinal de Retz, l'anecdote suivante, qu'il place en 1649 :

(Il y avait grand intérêt pour lui à empêcher son son oncle Henri de Gondi, archevêque de Paris, d'aller siéger au Palais, et tous ses efforts en ce sens avaient été infructueux.)

« Je sortis, dit-il, de sa chambre au désespoir ; un chirurgien qu'il avoit me pria d'aller attendre de ses nouvelles aux Carmélites, qui étoient tout proche, et il me revint trouver, un quart d'heure après, avec ces bonnes nouvelles. Il me dit qu'aussitôt que nous étions sortis de la chambre de M. de Paris, il y étoit entré ; qu'il l'avoit beaucoup loué de la fermeté avec laquelle il avoit résisté à ses neveux, qui le vouloient enterrer

tout vif ; qu'il l'avoit exhorté ensuite de se lever en
diligence pour aller au Palais ; qu'aussitôt qu'il fut
hors du lit, il lui avoit demandé d'un ton effaré comme
il se portoit, que M. de Paris lui avoit répondu :
« Qu'il se portoit fort bien. » Qu'il lui avoit dit : « Cela
» ne se peut, vous avez trop mauvais visage. » Qu'il
lui avoit tâté le pouls ; qu'il l'avoit assuré qu'il avoit la
fièvre, et d'autant plus à craindre qu'elle paroissoit
moins ; que M. de Paris l'avoit cru ; qu'il s'étoit remis
au lit, et que tous les rois et toutes les reines ne l'en
feroient sortir de quinze jours. »

(Éd. Champollion-Figeac, 1859, IIᵉ partie, chap. XVII ;
t. II, p. 181. — Éd. Regnier, t. II, p. 578.)

Scribe a imité de très près cette scène plaisante dans
la Camaraderie ou la Courte échelle, comédie en cinq
actes représentée au Théâtre-Français le 19 janvier
1837.

Au IVᵉ acte, scène Iʳᵉ, Césarine empêche son mari,
M. de Miremont, de se rendre à la Chambre, en lui
donnant des craintes sur sa santé :

M. DE MIREMONT.

Et qu'est-ce que j'ai ? Qu'est-ce que dit le docteur ?

CÉSARINE.

Il dit que c'est une grande irritation de poitrine.

M. DE MIREMONT, *essayant de tousser.*

C'est vrai ! je me sens là une chaleur...

CÉSARINE.

Qui n'est rien en apparence, mais qui pourrait s'ag-
graver, si vous continuez à suivre vos travaux parle-
mentaires.

FILLE.
Jouer la fille de l'Air.

Cette locution familière serait devenue, dit-on, synonyme de *fuir*, *s'esquiver*, en souvenir de *la Fille de l'Air*, féerie en trois actes de MM. Cogniard frères et Raymond, jouée aux Folies-Dramatiques le 3 août 1837.

Voici en quelques mots le sujet de la pièce :

Une loi fatale, inscrite au livre des Destins, veut que la fille du roi des génies, parvenue à l'âge adulte, descende sur la terre pour y passer une année d'épreuve. Ce temps expiré, elle doit retourner dans le royaume des airs, à moins qu'un mortel n'ait su s'emparer de son cœur.

Dans la féerie de MM. Cogniard, la jeune Azurine, pour s'être montrée trop sensible aux soupirs d'un villageois nommé Rutland, voit ses ailes tomber et est condamnée à achever sa vie sur la terre.

Il peut paraître singulier qu'on ait dit « jouer la fille de l'air » par allusion à l'héroïne qui fait exactement le contraire de ce que ces mots expriment. Mais il faut admettre, si cette origine est réelle, que le public a a été surtout frappé de la particularité qui caractérise le sort des filles de l'air. Et l'on rencontre plus d'un cas de ce genre dans l'histoire des expressions proverbiales.

Il faut ajouter aussi que, le 21 décembre suivant, les Folies-Dramatiques donnaient un vaudeville de MM. Honoré et Michel Delaporte, intitulé *la Fille de l'air dans son ménage*, sorte d'épilogue de la féerie. La pauvre Azurine y faisait fort mauvais ménage avec Rutland, et, grâce à un talisman retrouvé par son compagnon aérien Aquilonnet, finissait par remonter au ciel, ce qui, cette fois, pouvait servir de justification au proverbe.

FIN.

« Voilà le commencement de la fin ! »

Le mot a été attribué à Talleyrand, prédisant l'effon-drement de l'Empire. (*Album perdu*, 1829, p. 128.)

D'après Sainte-Beuve, il l'aurait prononcé à la nou-velle des désastres de la campagne de Russie, en 1812. (Voy. son étude sur *M. de Talleyrand*, chap. III.)

Selon d'autres, ce n'était pas Talleyrand qui avait mis le mot en circulation, mais il en accepta volontiers la paternité lorsque, aux Cent-Jours, M. de Vitrolles lui en fit honneur.

M. Éd. Fournier dit avoir eu connaissance de ce détail par son ami Audibert, « qui le tenait de M. de Vitrolles lui-même ». (*L'Esprit dans l'histoire*, 5ᵉ éd., p. 438.)

On retrouve déjà cette espèce de jeu de mots dans *le Songe d'une nuit d'été*, comédie de Shakespeare. Au Vᵉ acte, scène 1ʳᵉ, Prologue, personnage chargé d'ex-pliquer la pièce qu'on va jouer pour les noces de Thésée, dit aux assistants :

« Si nous vous déplaisons, c'est avec notre bonne volonté. Veuillez croire que nous ne venons vous déplaire qu'avec notre bonne volonté. Montrer notre savoir-faire, voilà le vrai commencement de notre fin. »

(That is the true beginning of our end.)

FORCE.

La force prime le droit.

(Supplément.)

Nous avons dit que l'idée contenue dans cette formule, attribuée à tort à M. de Bismarck, avait été bien souvent exprimée. Nous citerons encore cet exemple :

En 1854, M. Émile de Girardin, à la suite d'une polémique sur *le Droit*, en arrivait à cette conclusion :

« La certitude que j'ai acquise, c'est qu'il n'y a qu'un seul droit au monde : C'EST LE DROIT DU PLUS FORT... »

Après avoir cité l'opinion de quelques philosophes, et cette parole de M. Guizot :

« Les droits ne sont rien où n'est plus la *force* de les faire valoir, »
il ajoutait :

« Ainsi, plus de doute, plus de vague, plus d'équivoque : LA FORCE, C'EST LE DROIT ; IL N'Y A PAS D'AUTRE DROIT QUE LA FORCE. »

(Le Droit, p. 294 et 296.)

Ce n'était pas, bien entendu, un principe qu'il défendait, mais un fait brutal qu'il constatait.

* *
*

**« Nous avons tous assez de force
pour supporter les maux d'autrui. »**

La Rochefoucauld. *Réflexions ou Sentences et maximes morales*, n° 19.

L'éditeur des *Grands écrivains de la France* rapproche de cette pensée le proverbe : « Mal d'autrui n'est que songe », et cette ironie de Swift : « Je n'ai jamais connu personne qui ne fût capable de supporter le malheur des autres en parfait chrétien. »

La Rochefoucauld poussait encore plus loin le scepticisme dans cette triste réflexion (n° 583) :

« Dans l'adversité de nos meilleurs amis, nous trouvons toujours quelque chose qui ne nous déplaît pas. »

Le célèbre penseur fit d'ailleurs justice de cette maxime en la supprimant dans ses dernières éditions.

FORTUNE.

« Ouvrez, c'est la fortune de la France. »

Lorsqu'après la défaite que lui avait infligée à Crécy (26 août 1346) le roi d'Angleterre Édouard III, Philippe VI de Valois s'enfuit du champ de bataille avec quatre barons, il chevaucha jusqu'au château de la Broie. La nuit étant venue, il trouva la porte fermée et le pont levé.

« Lors fist le roy appeller le chastelain qui vint sur les guettes et dist : Qui est ce la qui appelle a ceste heure. Le roy dist ouvres ouvres chastellain c'est la fortune de france. »

Tel est le texte que nous relevons dans la plus ancienne édition des *Chroniques* de Froissart, imprimée vers 1495 (fol. 90 V°, col. 1).

Sur la foi de ce premier éditeur, plusieurs historiens sans défiance ont adopté et répété le mot ; il en est même qui, plus naïfs encore, ont cru devoir l'admirer. Il n'a été reconnu faux que vers la fin du siècle dernier par M. J. Dacier, qui, s'étant avisé d'en vérifier l'exactitude sur les manuscrits, y a lu non pas : *C'est la fortune de France*, ou *de la France*, mais bien : *C'est l'infortuné roi de France*, ce qui est peut-être moins théâtral, mais infiniment plus conforme à la vraisemblance. (Voy. la *Collection des chroniques* de Buchon, t. XI, 1824, p. 70. — Froissart, livre I, part. I, chap. 292.)

FOU.

La folle du logis.

Voltaire, à l'article APPARITION du *Dictionnaire philosophique*, écrivait :

« Défions-nous des écarts de l'imagination, que Male-branche appelait *la folle du logis.* »

Nous n'avons pas réussi à découvrir cette définition dans les œuvres assez volumineuses du P. Malebranche. Nous avons seulement trouvé le passage suivant, dans son Ier *Entretien sur la métaphysique* :

« L'imagination, dit Théodore à Ariste, est une folle qui se plaît à faire la folle. »

(Édit. Jules Simon, 1871, t. Ier, p. 3.)

On peut se demander si le mot n'a pas été complété par Voltaire lui-même.

FRANCE.

**« ... La France sera toujours la France,
Et les Français seront toujours français. »**

Dans une revue de l'année 1835, intutilée *Paris dans la comète*, de MM. de Rougemont, Dupeuty et Étienne Arago, représentée au Vaudeville le 31 décembre, un personnage épisodique nommé *Né malin*, qui naturellement incarnait le vaudeville, chantait sur l'air des *Amazones* :

.... la victoire,
.... les guerriers,
.... la gloire,
.... ses foyers,
.... ses lauriers...
La lâcheté ne vaut pas la vaillance...
Mille revers ne font pas un succès...
Oui, mais la France sera toujours la France,
Et les Français seront toujours Français.

Ce couplet est resté le parfait modèle de ces lieux communs patriotiques avec lesquels des auteurs ou des orateurs sans talent parviennent à récolter quelques

applaudissements, en exploitant à leur profit le chauvi-
nisme d'un public trop bon enfant.

FURIE.

Furie française.

Expression plus couramment employée sous sa forme
italienne : *furia francese.*

On a prétendu (voy. Bescherelle) qu'elle avait pris
naissance lors de la bataille de Fornoue, si audacieuse-
ment gagnée par Charles VIII en 1495. L'historien
Guicciardini, qui nous a laissé un récit très détaillé de
la campagne de Charles VIII, n'en parle pas à cette
occasion.

Jean Bouchet (1476-1550), dans le *Panégyric du
chevalier sans reproche* (Louis de La Trémoille), racontant la bataille de Saint-Aubin-du-Cormier (1488),
s'exprime ainsi :

« L'armée commença à marcher en francisque fu-
reur... » Ce n'est là qu'une autre forme de la même
expression.

Dans un récit de la *Guerre romaine* sous François Ier,
par le poète macaronique Antoine de Arena (mort
en 1544), nous trouvons un vers où la locution italienne
apparaît pour ainsi dire à l'état embryonnaire :

In prima furia Francesi tot ita rumpunt.

« Dans leur première furie les Français brisent
tout (?) ainsi. »

*(Ad suos compagnones qui sont de persona
friantes* ; éd. de 1631, page 27, v. 8.)

En fait d'expressions analogues plus anciennement
employées, on a relevé les suivantes :

Furor teutonicus,

dans *la Pharsale* de Lucain, liv. I, v. 255 ; et

Tedesco furor,

dans les *Rimes* de Pétrarque, canzone 5, v. 53.

GARDIEN.

Qui gardera les gardiens?

Souvenir de ce passage de la sixième satire de Juvénal : *Les femmes romaines* (v. 346-348) :

> Audio, quid veteres olim moneatis amici :
> Pone seram ; cohibe. Sed quis custodiet ipsos
> Custodes ? Cauta est, et ab illis incipit uxor.

Le poète, pour inspirer le dégoût du mariage, s'étend avec complaisance sur les vices et les fourberies des femmes romaines.

« J'entends déjà, dit-il, les conseils que vont donner les vieux amis : mettez des verrous, faites garder les portes. Mais qui gardera les gardiens ? La femme est rusée ; c'est par ceux-là mêmes qu'elle commence. »

GÉNIE.

Le génie, c'est la patience.

Cette maxime de Buffon se trouve souvent citée, sous des formes assez différentes, mais sans aucune indication de source. Littré seul, du moins à notre connaissance, y joint un renseignement précis, et (c'est vraiment jouer de malheur) ce renseignement est erroné. Il renvoie au *Discours de réception*, qui ne contient rien de semblable.

Flourens, écrivant l'*Histoire des travaux et des idées de Buffon* (1850), la cite (p. 300), parmi les mots célèbres que ce grand naturaliste a dits ou écrits, sous la forme suivante :

« *Le génie n'est qu'une plus grande aptitude à la patience.* »

A défaut du passage même où Buffon a pu formuler cette maxime, nous citerons quelques lignes de Mme Necker, femme du ministre de Louis XVI et amie intime de Buffon, qui prouvent que celui-ci attachait un grand prix à sa définition du génie, et qu'il y revenait volontiers.

Voici les paroles qu'elle lui prête dans ses *Pensées et souvenirs* :

« Le génie se forme par la patience, en considérant longtemps une idée, et en trouvant enfin des rapports féconds et bien liés. » (*Nouveaux mélanges*, 1801, t. I, p. 154.)

Elle dit encore un peu plus loin (p. 181) :

« M. de Buffon est persuadé que l'art d'écrire est de la patience et que le génie est de la patience : il faut bien voir pour bien écrire, il faut penser longtemps pour avoir des idées nouvelles. Quand on a une idée intéressante, il ne faut pas s'empresser de la délayer pour en faire un livre, il faut, au contraire, la mettre de côté, afin de pouvoir la réunir avec toutes celles qui se présentent dans notre esprit, et en faire un corps digne d'attention. »

Voilà qui nous fait bien comprendre comment Buffon entendait sa définition, qui, au premier abord, paraît assez discutable.

GOUVERNEMENT.

« **Toute nation a le gouvernement qu'elle mérite.** »

Fameux aphorisme dû au comte Joseph de Maistre (1753-1821).

Il l'a formulé dans une lettre adressée à M. le chevalier de... (?), et datée de Saint-Pétersbourg, 15/27 août 1811.

Parlant des nouvelles lois constitutionnelles de la Russie, l'illustre écrivain, tout en rendant hommage aux nobles intentions de l'empereur, ne peut cacher les craintes qu'il en ressent. Et voici l'une des raisons qu'il invoque :

« *Toute nation a le gouvernement qu'elle mérite.* De longues réflexions et une longue expérience, payée bien cher, m'ont convaincu de cette vérité comme d'une proposition de mathématiques. Toute loi est donc inutile et même funeste (quelque excellente qu'elle puisse être en elle-même), si la nation n'est pas digne de la loi et faite pour la loi. » (*Lettres et Opuscules*, 4° édition, t. I, p. 264. Lettre 76.)

L'auteur donne comme exemple les Géorgiens qui, devenus Russes depuis 1802, en sont encore à regretter le temps où leur souverain rendait la justice, parcourant chaque jour les rues de Tiflis, et faisant donner la bastonnade aux plus coupables.

GRACE.

... La grâce, plus belle encor que la beauté.

Le poème d'*Adonis*, que La Fontaine dut composer avant 1657, et qu'il publia seulement en 1669, contient ces quatre vers que l'on a souvent cités :

Rien ne manque à Vénus, ni les lis, ni les roses,
Ni le mélange exquis des plus aimables choses,
Ni ce charme secret dont l'œil est enchanté,
Ni la grâce, plus belle encor que la beauté.

(Vers 75-78.)

Il est fort à croire que La Fontaine avait eu sous les yeux un sonnet de madame Des Roches (la mère), qu'elle adressait à une amie regrettée, et qui commençait ainsi :

> Las ! où est maintenant ta jeune et bonne grâce,
> Et ton gentil esprit *plus beau que la beauté*.

(*Œuvres de Mesdames Des Roches*, mère et fille, 1579, p. 44.)

GRAMMAIRE.

« **La grammaire, qui sait régenter jusqu'aux rois.** »

Molière. *Les Femmes savantes* (11 mars 1672); acte II, scène VI, vers 465. Philaminte à Martine, qui se permet d'offenser la grammaire.

GRENIER.

Dans un grenier qu'on est bien à vingt ans !

Refrain du *Grenier*, chanson de Béranger, qui date de 1829.

PREMIER COUPLET.

> Je viens revoir l'asile où ma jeunesse
> De la misère a subi les leçons.
> J'avais vingt ans, une folle maîtresse,
> De francs amours et l'amour des chansons.
> Bravant le monde, et les sots, et les sages,
> Sans avenir, riche de mon printemps,
> Leste et joyeux, je montais six étages.
> Dans un grenier qu'on est bien à vingt ans.

La musique, composée par Meissonnier pour *Mon Carnaval*, autre chanson de Béranger (1822), est devenue très populaire et a été souvent employée dans les vaudevilles.

C'est sur le même air qu'on chantait :

> En vous voyant sous l'habit militaire,
> J'ai deviné que vous étiez soldat ;

et cet autre refrain non moins connu :

> Ayez toujours du papier dans vot'poche,
> On ne sait pas ce qui peut arriver.

GRIBOUILLE.

Gribouille.

On lit dans le *Dictionnaire* de Richelet (La Haye, 1727) :

« GRIBOUILLE. On dit proverbialement d'un homme qui, pour éviter un petit inconvénient, se jette dans un très grand, qu'il ressemble à Gribouille, qui se cachoit dans l'eau de peur de la pluye. »

Richelet ajoute un peu plus loin (à l'article GRIBOUIL-LETTE) :

« Ce mot vient de *gribouille*, qui signifiait autrefois vendeur de petits meubles. »

C'est en effet le sens que Pierre Borel, dans son *Trésor des recherches et antiquités gauloises* (1655), donnait au mot gribouille.

Plus anciennement, on trouve dans les *Adages et proverbes de Solon de Voge*, petit recueil composé par Jean Le Bon au XVIᵉ siècle :

« Jean Devrie, qui se met en l'eau pour la pluye. »

Nous ne saurions dire par suite de quelle circonstance le nom de Gribouille a été substitué dans ce proverbe à celui de Jean Devrie, très vraisemblablement dans le courant du XVIIᵉ siècle.

GUÉRIR.

« Prenez-en, pendant qu'elle guérit encore. »

(Supplément.)

Le président Bouhier (1673-1746) a rapporté, dans son *Recueil* (manuscrit) *de particularités, bons mots,* etc., une réponse qui pourrait avoir inspiré celle du médecin Bouvart.

M. de Novion, premier président au Parlement de Paris, se sentant gravement malade, hésitait à consulter le médecin Helvétius, qui, récemment arrivé de Hollande, passait pour un empirique :

« Monsieur, lui dit un de ses parents, si vous voulez le prendre, je vous conseille de vous dépêcher. Car j'ai toujours ouï dire que ces sortes de gens n'ont qu'un temps. »

(Bibl. nat., Ms. Fr. 25645, p. 13.)

GUILLOTINER.

Le guillotiné par persuasion.

Titre d'une amusante nouvelle d'Eugène Chavette, datée de septembre 1862, que l'on trouvera en tête de ses *Petites comédies du vice.*

Nous en indiquerons brièvement le sujet :

L'action se passe dans une petite ville de province. Un juré a condamné à mort un malfaiteur accusé de dix-sept meurtres. Pouvant disposer de plusieurs fenêtres sur le lieu de l'exécution, il saisit cette occasion pour inviter quelques amis auxquels il doit des politesses. Malheureusement, dans cette petite localité où les exécutions sont trop rares, le bourreau est faible, mal secondé, incapable en un mot de venir à bout du condamné. Aussi apprend-on au dernier moment que celui-ci (qui porte le beau nom de Saint-Phar) refuse de se laisser guillotiner.

Que va devenir la petite fête promise ?

Notre homme n'hésite pas. Il court à la prison, pénètre dans la cellule de Saint-Phar, et à l'aide d'une argumentation des plus insidieuses, essaie de lui démontrer qu'il est de son devoir et de son intérêt de se prêter à ce qu'on attend de lui. Mais la répugnance du condamné est invincible, et le malheureux se borne à répondre :

« Non, j'ai de la méfiance. »

Le « tentateur » lui parle alors de l'empereur, dont Saint-Phar a toujours été le chaud partisan, et qui va lui retirer sa confiance, s'il refuse d'obéir à sa volonté.

Cette fois la corde sensible a vibré : le condamné s'avoue vaincu, et consent enfin à subir sa peine.

Nous regrettons de ne pouvoir donner, dans un résumé aussi sommaire, qu'une idée très imparfaite de cette spirituelle bouffonnerie.

HABITUDE.

L'habitude est une seconde nature.

Montaigne, au livre III de ses *Essais*, nous conseille de nous habituer à vivre du strict nécessaire, afin que les coups du sort deviennent presque impuissants à nous causer des privations. Il ajoute :

« L'accoustumance est une seconde nature. » (Chap. x, 9ᵉ alinéa.)

On lit aussi dans les *Mimes, enseignements et proverbes*, de Baïf (1532-1589) :

« Coustume est une autre nature. »

(Toulouse, 1619, fol. 7 vº.)

C'est un proverbe que l'on retrouve déjà chez les auteurs latins. Cicéron écrivait dans son traité *De finibus bonorum et malorum* (liv. V, ch. xxv, 74) :

« Ils disent (les voluptueux) que c'est bien à la volupté que la nature se porte d'abord, mais que l'habitude est comme une seconde nature... (consuetudine quasi alteram naturam effici). »

(Trad. Regnier Desmarais, dans l'éd. Nisard.)

HASARD.

Le hasard est un sobriquet de la Providence.

On lit dans les *Maximes et pensées* de Chamfort (1741-1794) :

« Quelqu'un disait que la Providence est le nom de baptême du hasard, quelque dévot dira que le hasard est un sobriquet de la Providence. » (*Œuvres* de Chamfort, 1re éd., 1795, t. III, p. 34 ; pensée 62e.)

L'auteur de cette pensée eût été aussi surpris que flatté d'entendre le cardinal Maury, dans son deuxième discours de réception à l'Académie, le 6 mai 1807, dire à ses collègues :

« *La Rochefoucauld* avait dit, dans son style ferme et nerveux, que « le hasard est un sobriquet donné par » les ignorants à la Providence. »

(*Recueil de Discours, rapports* etc. de l'Académie française, 1803-1819, p. 217.)

Nous ne savons à quelle source l'abbé Maury puisait alors son érudition. Ce n'est assurément pas dans les *Réflexions morales* de La Rochefoucauld qu'il pouvait avoir rencontré cette pensée.

HEURE.

« Il n'y a pas d'heure pour les braves. »

Nous avons rencontré cette formule proverbiale dans *les Deux Sergents*, mélodrame en trois actes de d'Aubigny, joué à la Porte-Saint-Martin le 20 février 1823.

Sans raconter en détail les péripéties de ce drame un peu naïf, mais assez émouvant, nous dirons qu'au 3° acte, Robert, l'un des deux sergents, victime de son dévouement pour son ami Félix, auquel il sert de caution, va être fusillé à sa place. Il a obtenu avant de mourir la faveur de s'unir à la jeune fille qu'il aime. Il est trois heures, et l'exécution doit avoir lieu à quatre.

Au moment où le mariage va s'accomplir, le lieutenant Morazzi, préposé à la garde du sergent, a la cruauté de lui rappeler qu'il n'a plus qu'une heure à vivre :

« — Il n'y a point d'heures pour les braves », répond stoïquement Robert.

Est-ce bien là qu'il faut voir l'origine du dicton ? Il y aurait quelque imprudence à l'affirmer. Nous ferons seulement observer qu'il porte bien la marque de cette époque. L'expression *un brave* était alors fort à la mode comme synonyme de soldat intrépide. Elle est répétée jusqu'à sept fois dans *les Deux Sergents*.

HEUREUX.

« Est-il heureux ? »

Mot bien connu de Mazarin, ainsi rapporté par la princesse palatine, mère du régent :

« Le cardinal Mazarin ne pouvait souffrir autour de lui des gens malheureux. Quand on lui proposait quel-

ALEX, 7

qu'un pour entrer à son service, sa première question était celle-ci : « Est-il heureux ? »

(*Mémoires, fragments historiques*, etc., publiés par Busoni en 1832, p. 332.)

*
* *

Soyons heureux, c'est là qu'est le bonheur !

Cette pensée à la Jocrisse est née vraisemblablement d'une de ces scies qui courent les ateliers.

Nous en avons recueilli une variante dans une amusante parodie de l'*Étoile du Nord* (texte et dessins de Marcelin), publiée dans *le Journal pour rire* du 10 juin 1854.

Le chœur final célèbre ainsi l'allégresse générale :

Que faut-il aux amants ? Une chaumière, un cœur !
Époux, soyez heureux, c'est là le vrai bonheur.
> Soyez heureux,
> Heureux, heureux,
> C'est là le vrai,
> Le vrai, le vrai
> > Bonheur !!!

Il y a dans Regnard, qui pourtant n'était pas coutumier de ces naïvetés, un vers que nous sommes bien tenté de rappeler ici :

C'est le premier des biens de vivre sans chagrin.

(*Satire contre les maris*, vers 5° avant-dernier.)

HOMME.

Comme un seul homme.

(Supplément.)

Cette façon de parler nous vient directement de la Bible.

Au commencement du règne de Saül (1095 av. J.-C.), les Ammonites attaquèrent Jabès, ville de la tribu de Manassé. Saül, en ayant été informé, provoqua, à l'aide de menaces, une levée en masse des Israélites.

« Alors, dit l'Écriture, le peuple fut frappé de la crainte du Seigneur, et ils sortirent tous en armes comme s'ils n'eussent été qu'un seul homme (*quasi vir unus*). » (Ier livre des *Rois*, ch. XI, v. 7.)

Nous avons cité un document où l'expression biblique intervient d'une façon assez plaisante. En voici quelques autres applications.

Celle-ci est due à Bossuet, prononçant l'oraison funèbre du prince de Condé, à Notre-Dame, le 10 mars 1687 :

« Ce qu'un sage général doit le mieux connaître, disait-il, c'est ses soldats et ses chefs. Car de là vient ce parfait concert qui fait agir les armées comme un seul corps, ou, pour parler avec l'Écriture, « comme » un seul homme » : *Egressus est Israel tanquam vir unus.* »

L'exemple suivant est emprunté à la proclamation adressée aux Français par Bazard et le père Enfantin, après les journées de 1830 :

« Apprenez que l'HOMME-DIEU des chrétiens est devenu, en Saint-Simon, l'HOMME-PEUPLE ;...le peuple est en lui, AIMANT, *sage* et *puissant*, marchant COMME UN SEUL HOMME vers l'avenir que Dieu lui destine. »

(*Œuvres de Saint-Simon et d'Enfantin*, t. I, 1865, p. 217.)

HONNEUR.

« Tout est perdu fors l'honneur. »

Voici, ce qui est assez rare, un mot historique à très peu près conforme à la vérité.

On a souvent reproduit le texte de la lettre que le roi François Ier écrivait de Pizzighitone à sa mère, après qu'il eut été fait prisonnier à la bataille de Pavie (24 février 1525). Il en existe plusieurs variantes. La suivante a été publiée en 1847 par M. A. Champollion-Figeac, à la p. 129 de la *Captivité du roi François Ier*, d'après un manuscrit qui porte le n° 743 du fonds Dupuy à la Bibl. nat. :

« Madame, pour vous faire sçavoir comme se porte le reste de mon infortune, de toutes choses ne m'est demeuré que l'honneur et la vie qui est saulve. Et pour ce que, en vostre adversité, ceste nouvelle vous fera ung peu de reconfort, j'ay prié qu'on me laissast vous escripre ceste lettre...

» FRANÇOYS. »

Bien que la lettre elle-même n'ait pu être retrouvée, son authenticité est prouvée par la réponse de la régente Louise de Savoie, dont on possède l'original et dont M. Champollion a joint le fac-similé à la page 134 du même ouvrage. En voici les premières lignes :

« AU ROY MON TRÈS REDOUBTÉ FILZ ET SOUVERAIN SEIGNEUR,

» Monseigneur, je ne puis par meilleur endroit commencer ceste lectre, que de louher Nostre Seigneur de ce qu'il luy a pleu *vous avoir gardé l'onneur, la vye et la senté*; dont, par l'escripture de vostre main, il vous plaist m'asseurer; qui a esté en nostre trybulacyon tel confort, qu'yl ne se peust sufysemment escripre...

» Vostre très humble, bonne mère et subjecte

» LOYSE. »

HUGO.

Où, ô Hugo ! huchera-t-on ton nom !

Ainsi commence un quatrain burlesque qui parut,

peut-être pour la première fois, dans *la Caricature*, de Philipon (n° du 8 septembre 1831). Il était imprimé à l'envers, en caractères gothiques, sous la forme que voici :

> Où, oh ! Hugo ! huchera-t-on ton nom !
> Justice enfin que faite ne t'a-t-on !
> Quand donc au corps qu'Académie on nomme
> Grimperas-tu de roc en roc, rare homme !

Il y a une variante qui porte : *juchera-t-on* au lieu de : *huchera-t-on*, et : *qu'académique on nomme*, au lieu de : *qu'Académie...*

HYDRE.

Terrasser l'hydre de l'anarchie.

(Supplément.)

Nous avons rappelé l'expression « terrasser l'hydre de l'aristocratie », employée par *le Moniteur* au lendemain de la prise de la Bastille.

Cette métaphore devait bientôt s'offrir aux regards du peuple de Paris sous la forme d'un groupe allégorique.

Un monument commémoratif fut élevé en face des Invalides pour célébrer la victoire remportée sur l'aristocratie. C'était, dit M. Mignet, « une montagne surmontée d'une statue colossale représentant Hercule écrasant une hydre ». (*Révolution française*, t. II, p. 129.)

Voici la description plus détaillée qu'en donne le graveur Jean-Georges Wille dans son *Journal*, à la date du 10 août 1793 :

« C'est là (sur la place des Invalides) que nous vîmes la statue colossale d'Hercule, haute de vingt-quatre pieds, debout sur un rocher plus haut encore.

Cet Hercule avoit le pied gauche posé sur la gorge de la contre-révolution, figurée moitié femme et moitié serpent, cherchant à s'accrocher aux faisceaux des départements sur lesquels Hercule étoit appuyé du bras gauche, tandis qu'il paroissoit frapper d'une massue, qu'il tenoit à la main droite, le monstre qui étoit à ses pieds. »

. (*Mémoires et Journal* de J.-G. Wille, 1857, t. II, p. 387.)

Il faut croire que la vue de cet Hercule avait fini par agacer les Parisiens, car le 2 ventôse an III (20 février 1795), la section de la Halle-au-Blé se présenta à la barre de la Convention pour réclamer la démolition de ce monument. « Que cette montagne, disait l'orateur, élevée en face des Invalides, qui a enfanté tant de Montagnes ; que ces joncs qui déshonorent sa base, que les reptiles qu'on y voit, et qui rappellent d'odieuses dénonciations, que cette figure que le géant écrase, figure allégorique et chimérique comme le fantôme dont elle est l'emblème, disparaissent et ne rappellent plus de douloureux souvenirs. »

« Le monument dont on vous a parlé, dit à son tour le député Pénières, n'a été élevé que pour avilir la Convention nationale. Il porte un géant, ce géant est Robespierre. On l'a armé d'une massue ; on s'est trompé, c'est une guillotine qu'il fallait lui faire tenir. Il faut que ce monument soit détruit. »

En réponse à quelques opposants, le député Mathieu ajouta :

« On a dit qu'il ne fallait pas le détruire parce qu'il était le symbole du Peuple; oui, j'y reconnaîtrais le symbole du Peuple, si je n'y voyais une Montagne. Qu'est-ce qu'une Montagne, si ce n'est une protestation éternelle contre l'égalité. »

Cet argument sans réplique triompha des dernières résistances, et le malheureux Hercule fut sacrifié.

HYPOCRISIE.

L'hypocrisie est un hommage que le vice rend à la vertu.

L'une des plus célèbres pensées de La Rochefoucauld. On la trouve classée sous le n° CCXVIII dans la cinquième édition des *Maximes et réflexions morales* (1678), reproduite dans *les Grands écrivains de la France*, et sous le n° 223 dans un certain nombre d'éditions.

Rousseau, dans sa *Réponse au roi de Pologne* (1751 ou 1752), protestait énergiquement contre la vérité de cette maxime.

« C'est une chose très commode pour les vicieux, disait-il, que toutes les maximes qu'on nous débite depuis longtemps sur le scandale. Si on les vouloit suivre à la rigueur, il faudroit se laisser piller, trahir, tuer impunément, et ne jamais punir personne : car c'est un objet très scandaleux qu'un scélérat sur la roue. Mais l'hypocrisie est un hommage que le vice rend à la vertu. Oui, comme les assassins de César, qui se prosternoient à ses pieds pour l'égorger plus sûrement. Cette pensée a beau être brillante, elle a beau être autorisée du nom célèbre de son auteur, elle n'en est pas plus juste. Dira-t-on jamais d'un filou qui prend la livrée d'une maison pour faire son coup commodément, qu'il rend hommage au maître de la maison qu'il vole ? »

On pourrait répondre à Rousseau que celui qui veut gagner l'estime des autres en prenant le masque de la vertu, n'a pas nécessairement l'intention de faire un mauvais coup. Mais il y aurait à discuter à perte de vue sur un sujet aussi délicat.

Nous ne pensons pas que cette maxime ait été « dansée », selon la plaisante conception de Chamfort, se moquant du chorégraphe Noverre, mais elle a eu l'honneur d'être mise en vers par l'abbé Aubert, dans sa fable *le Chat :*

> L'hypocrisie est un hommage
> Que rend le vice à la vertu.

(*Fables nouvelles*, édit. de 1774, livre VI, fable x.)

On lit dans la *Correspondance littéraire* de Grimm, en février 1786, ce mot d'un éloquent prédicateur de ce temps :

« La vertu dans ce siècle est si décriée qu'il n'y a plus d'hypocrisie. »

Voilà une parole qui devait bien quelque chose à La Rochefoucauld !

IMMANENT.

La « justice immanente des choses ».

En 1880, lorsque Gambetta, président de la Chambre des députés, assista, avec MM. Jules Grévy et Léon Say, aux fêtes de Cherbourg qui durèrent du 8 au 11 août, il prit plusieurs fois la parole et encourut le reproche d'avoir mis sa personnalité trop en évidence.

Le 9, après un grand dîner à l'Hôtel de ville, il se rendit au cercle du commerce et de l'industrie, et y prononça, en réponse à un toast de M. Lavieille, député, un discours qui contenait ces paroles :

« Il est des heures dans l'histoire des peuples où le

droit subit des éclipses... Ils doivent attendre dans le calme, dans la sagesse, dans la conciliation de toutes les volontés...

» Les grandes réparations peuvent sortir du droit : nous ou nos enfants pouvons les espérer... »

Répondant au reproche qui lui avait été fait de professer le culte de l'armée, il ajoutait :

« Si nos cœurs battent, c'est pour ce but (le relèvement de la France) et non pour la recherche d'un idéal sanglant ; c'est pour que ce qui reste de la France nous reste entier ; c'est pour que nous puissions compter sur l'avenir et savoir s'il y a dans les choses d'ici-bas une justice immanente qui vient à son jour et à son heure. (Longs applaudissements.) »
(Résumé de l'agence Havas, dans *la République française* du 12 août, p. 2, col. 1.)

On sait combien ce mot de Gambetta eut de retentissement.

IMMOBILITÉ.

« L'immobilité, c'est le plus beau mouvement de l'exercice. »

M. Elzéar Blaze, dans *la Vie militaire sous le premier empire*, ouvrage qui date de 1837, nous révèle l'origine de cette plaisanterie, qui a, croyons-nous, servi de légende à quelque caricature du temps.

L'auteur raconte que, lorsqu'il était élève à l'école militaire de Fontainebleau, le gouverneur, le général Bellavenne, avait pour *alter ego* le brave Kulmann, bon Alsacien ne rêvant qu'exercice.

« Je le vois encore, dit-il, sur sa porte, au moment où le bataillon prenait les armes, se grandissant de trois pouces, et criant : Levez les têtes, levez les têtes, immobiles ! l'immobilité, c'est le plus beau mouvement de l'exercice. » (Éd. de 1888, p. 21.)

INFAME.

« Écrasez l'infâme ! »

Formule par laquelle Voltaire avait pris l'habitude de terminer ses lettres à ses plus intimes amis, notamment pendant les années 1762 et suivantes.

On a beaucoup discuté sur ce qu'il entendait désigner par *l'infâme*. Les extraits suivants de sa correspondance l'expliquent assez clairement.

Dès le 31 octobre 1740, il écrivait au président Hénault :

« Autant je déteste la basse et infâme superstition, qui déshonore tant d'États, autant j'adore la vertu véritable... »

Le 28 novembre 1762, à d'Alembert :

« La superstition est bien puissante vers le Danube. Vous me dites qu'elle perd son crédit vers la Seine, je le souhaite ; mais songez qu'il y a trois cent mille hommes engagés pour soutenir ce colosse affreux... Tout ce que peuvent faire les honnêtes gens, c'est de gémir entre eux quand cette infâme est persécutante, et de rire quand elle n'est qu'absurde...

» Vous pensez bien que je ne parle que de la superstition : car pour la religion chrétienne, je la respecte et l'aime comme vous...

» Quoi que vous fassiez, écrasez l'infâme, et aimez qui vous aime. »

Souvent Voltaire écrivait sa formule habituelle en abrégé. Sa lettre à Damilaville, du 26 juillet 1762, se termine ainsi :

« Frère Thieriot vous embrasse. Je finis toutes mes lettres par dire : Écr. l'inf..., comme Caton disait toujours : *Tel est mon avis, et qu'on ruine Carthage.* »

Il en vint même à signer simplement *Écrlinf* (lettre à Damilaville du 27 janvier 1768). Une note de Beuchot nous apprend que les employés de la poste chargés de décacheter ses lettres crurent à l'existence d'un particulier nommé Écrlinf, habitant la Suisse, qui, disaient-ils, « n'écrit pas mal ».

S'il paraît évident que Voltaire entendait par ce mot *l'infâme*, non pas la religion, mais la superstition ou le fanatisme, il n'en était pas de même de d'Alembert, qui lui écrivait le 31 juillet 1762 :

« Vous voudriez que nous fissions imprimer le *Testament de Jean Meslier*, et que nous en distribuassions quatre ou cinq mille exemplaires ; *l'infâme*, puisque *infâme* il y a, n'y perdrait rien ou peu de chose... Ce que vous savez doit être attaqué, comme Pierre Corneille, avec ménagement. »

Or, les mots « ce que vous savez » avaient été substitués, paraît-il, dans l'édition de Kehl, au mot « J.-C. », qui se trouve dans l'original.

INJURE.

« Le roi de France ne venge pas les injures du duc d'Orléans. »

Le 23 février 1899, les journaux annonçaient la saisie de dix mille médailles à l'effigie du duc d'Orléans, portant au revers cette inscription :

« Je ne vengerai que les injures faites à la patrie. »

Il y avait là une allusion bien claire à un mot histo-

rique qui aurait été prononcé par le roi Louis XII, lors
de son avènement au trône de France en 1498.

Voici sous quelle forme on le trouve rapporté, d'après
quelque chroniqueur du temps, dans le prologue de la
traduction que Nicolas de Langes donna, en 1592, de
la *Chronique* d'Humbert Vellay.

Après avoir vanté la magnanimité de Louis·XII, il
ajoutait :

« Ce qu'il montra par effet à ceux d'Orléans qui
l'avoient grandement offensé avant qu'il fût parvenu à
la couronne, et auxquels lui en demandant pardon, il
répondit ce grand apophtegme qui lui est péculier
(particulier), « qu'il ne seroit décent et à honneur à un
» roi de France de venger les querelles, indignations et
» inimitiés d'un duc d'Orléans, et qu'il oublioit le passé
» et les retenoit pour ses bons et loyaux·sujets. »

(*Chronique abrégée* publiée à la suite de Jean d'Ayton,
par Paul Lacroix, en 1835, p. 224.)

Quelques historiens, notamment le président Hénault,
dans son *Abrégé chronologique de l'histoire de France*
(1744), ont prétendu que cette parole royale se rappor-
tait plus particulièrement à Louis II de La Trémoille
(1460-1525), qui avait fait le duc d'Orléans prisonnier à la bataille de Saint-Aubin-du-Cormier (27 juillet 1488).

Jean Bouchet, dans son *Panégyric du chevalier
sans reproche* (surnom de La Trémoille), se contente
de dire, au chapitre VIII :

« Ledict duc d'Orléans, nommé Louis XII, inconti-
nent le décès dudict roy Charles (VIII) et avant son
couronnement, manda ledict seigneur de La Trimoille,
et, de son propre mouvement, sans aulcune requeste, le
confirma en tous ses estatz, offices, pensions et biens-

faictz, le priant luy estre aussi loyal que à son prédécesseur Charles, avec promesse de meilleure récom-
pense. »

INTELLECTUEL.

Les « intellectuels ».

C'est ainsi qu'on a désigné, non sans une nuance
d'ironie, un groupe de savants, médecins, professeurs,
artistes et littérateurs, qui, profondément émus par les
troublantes obscurités de l'affaire Dreyfus, signèrent,
après l'acquittement d'Esterhazy, les uns une pétition,
les autres une protestation contre la façon dont, à leur
avis, la justice avait été rendue.

Le lendemain du jour où avait paru dans *l'Aurore* la
lettre d'Émile Zola intitulée « *J'accuse...* » (13 janvier 1898), le même journal publiait une protestation
ainsi libellée :

« Les soussignés, protestant contre la violation des
formes juridiques au procès de 1894 et contre les mys-
tères qui ont entouré l'affaire Esterhazy, persistent
à demander la revision. »

Le Temps du 16 janvier et divers autres journaux
inséraient, de leur côté, une pétition à la Chambre des
députés, demandant de « maintenir les garanties légales
des citoyens contre tout arbitraire ».

La plupart des signataires de ces manifestations
étant de ceux qui s'adonnent aux travaux de l'esprit, il
était naturel que la qualification d'intellectuels leur fût
appliquée.

Le plus ancien document dans lequel nous ayons
trouvé ce mot avec ce sens spécial est un article de
M. Ernest Judet, dans *le Petit Journal* du 30 janvier
suivant, ayant pour titre : *Le sens de la patrie.*

L'auteur reproduit une lettre d'un universitaire, refusant de faire cause commune avec les protestataires, lettre qui finissait par ces mots :

« Nous sommes heureusement un bon nombre de braves gens qui croyons encore à la patrie et qui sommes de vrais Français. Nous ne nous soucions pas d'être des « *intellectuels* » ; nous nous contentons d'être des intelligents. »

» *Intellectuels* et *intelligents*, ajoutait M. Judet, voilà une distinction, hélas ! une opposition bonne à retenir. »

Le mot était lancé ; on sait combien sa fortune fut rapide et durable.

INTROUVABLE.

Chambre introuvable.

D'après les *Mémoires* de Guizot (t. I, p. 149) et l'*Histoire des deux Restaurations*, de Vaulabelle (3ᵐᵉ éd., t. IV, p. 208), le mot serait du roi Louis XVIII lui-même.

Répondant à une députation de la Chambre de 1815, chargée de lui présenter un projet de loi, il aurait dit, ravi de se trouver en parfaite communion d'idées avec les députés, « qu'une pareille Chambre semblait introuvable », et M. de Vaulabelle ajoute en note :

« C'est cette qualification d'*introuvable* qui a donné à la Chambre royaliste de 1815 le surnom sous lequel elle est désignée le plus communément, mais on en a interverti le sens : dans la bouche de Louis XVIII cette épithète était un éloge ; depuis 1816, elle n'a plus été qu'un blâme. »

Nommée au lendemain des Cent-Jours, le 24 août 1815, par un nombre très restreint d'électeurs, désireux de se concilier les bonnes grâces du régime naissant, cette Chambre était l'expression la plus outrée de la réaction royaliste. Les plus ardents de ce parti avaient reçu de Fouché, qui avait été leur première victime, le nom d'*ultra-royalistes*, qui se transforma en celui d'*ultras* tout court. (Voy. Vaulabelle, t. IV, p. 448.)

C'est bien à ces hommes, qui allaient plus loin que le roi lui-même dans la voie réactionnaire, que convenait l'expression si souvent répétée : *plus royaliste que le roi*, et l'on pourrait penser qu'elle datait de la même époque. Il n'en serait rien pourtant, si l'on en croit ces lignes empruntées à la fameuse brochure de M. Chateaubriand : *La Monarchie selon la Charte*, publiée en 1816 (chap. 81, p. 94) :

« La grande phrase reçue c'est *qu'il ne faut pas être plus royaliste que le roi*. Cette phrase n'est pas du moment ; elle fut inventée sous Louis XVI : elle enchaîna les mains des fidèles, pour ne laisser libre que le bras du bourreau. »

JUSTE.

« Ils veulent être libres, ils ne savent pas être justes. »

Parole célèbre prononcée par l'abbé Siéyès, à l'Assemblée constituante, le 10 août 1789.

Dans la nuit du 4 août, l'Assemblée avait décidé en principe que toutes les dîmes sans distinction seraient rachetables.

Lorsqu'on en vint, le 10, à discuter le texte du comité de rédaction, on proposa, ce qui fut finalement voté, la suppression pure et simple des dîmes ecclésiastiques, l'État s'engageant à subvenir aux besoins du clergé, toutes les autres devant être rachetées.

Siéyès, prenant la défense du clergé, s'opposa de

toute la force de son éloquence à l'adoption de cette mesure, et dit, au milieu d'un assez long discours :

« Je n'ajoute plus qu'un mot ; y a-t-il beaucoup de justice à déclarer que les dîmes *inféodées* qui sont de même nature et ont les mêmes origines, soit qu'elles se trouvent dans des mains laïques ou dans des mains ecclésiastiques, sont suppprimées avec indemnité pour le laïc et sans indemnité pour l'ecclésiastique ?... *Ils veulent être libres, ils ne savent pas être justes.* »

(*Moniteur* du 11 au 14 août, p. 165, col. 1.)

JUSTICE.

« Laissez passer la justice du roi ! »

Les historiens qui font mention de cette formule, sont d'accord pour en faire remonter l'origine au règne de Charles VI (1380-1422). Voici à quelles circonstances on l'a rattachée :

Le 1er mars 1382, le peuple de Paris, se refusant à payer une taxe nouvelle sur les victuailles, se mutina. Les émeutiers pillèrent l'Hôtel de ville, s'emparèrent de maillets de plomb (d'où ils furent appelés *maillotins*), et enfoncèrent les portes de la prison du Grand-Châtelet. Les coupables furent châtiés, mais pour éviter le mécontentement produit par des exécutions publiques trop nombreuses, on résolut de les tenir secrètes.

M. C. Dareste, dans son *Histoire de France* (t. II, p. 552), ajoute ce détail dont il néglige d'indiquer la source :

« On jetait les condamnés à la rivière pendant la nuit, dans des sacs sur lesquels étaient écrits ces mots : *Laissez passer la justice du roi.* »

Dans *l'Art de vérifier les dates* (3° éd., t. I, 1783,
p. 604) nous trouvons la même particularité rapportée
à propos du chevalier de Bois-Bourdon (ou Bourrodon,
ou Bosredon), maître d'hôtel de la reine, qui, accusé
d'avoir pris part aux débauches de la cour d'Isabeau
de Bavière, fut mis à la torture et jeté à la Seine
(avril 1417).

Nos recherches dans les anciennes chroniques ne
nous ont pas mis à même de produire un document
contemporain.

Dans la soirée du 22 juillet 1789, la tête du malheureux Foulon, d'abord pendu à la fameuse lanterne de
la place de Grève, puis mis en pièces par une populace
en délire, fut promenée par la ville au bout d'une pique,
à la lueur de deux torches. Un tambour annonçait
l'horrible cortège, que précédait un homme criant d'une
voix lugubre : « Laissez passer la justice du peuple ! »
Triste écho de la sentence royale.

Chamfort, qui fut témoin de cette scène dans le jardin du Palais-Royal, la rapporte dans le 21° de ses
Tableaux historiques de la Révolution.

LARME.

Des larmes dans la voix.

L'article sur Mlle Gaussin dans la *Biographie*
Michaud reproduit ces quelques lignes consacrées par
La Harpe au souvenir de cette charmante actrice de la
Comédie française, morte le 9 juin 1767 :

« Sa figure, son regard, son organe, tout en elle
était fait pour exprimer la tendresse : elle avait *des
larmes dans la voix.* »

L'auteur de l'article, M. Fabien Pillet, ajoute :

ALEX.   8

« Il n'est pas inutile d'observer que cette expression
figurée, dont on a tant abusé, fut originairement hasar-
dée par La Harpe en l'honneur de Mlle Gaussin. »

LÉGALITÉ.

« Sorti de la légalité pour rentrer dans le droit. »

Formule ingénieuse dont se servit le prince Louis-
Napoléon Bonaparte, alors président de la République,
pour légitimer l'acte audacieux de décembre 1851, que
plusieurs ne purent lui pardonner, mais qui fut ratifié
quelques jours après par la grande majorité de la
nation.

On se souvient des circonstances qui marquèrent ce
coup d'État.

Vers la fin de 1851, au milieu de l'agitation des partis, les hommes d'ordre voyaient avec terreur approcher
cher l'échéance de mai 1852, époque à laquelle expi-
raient les pouvoirs du président, non rééligible d'après
l'article 45 de la constitution.

Le 2 décembre au matin (anniversaire de la bataille
d'Austerlitz), les Parisiens, à leur réveil, purent voir
les murs couverts d'affiches signées du prince-président,
décrétant la dissolution de l'Assemblée nationale, le
rétablissement du suffrage universel, et appelant le
peuple français à se prononcer sur les bases d'une
constitution nouvelle, notamment sur l'élection d'un
chef responsable pour une période de dix ans.

Dans la nuit, seize représentants du peuple et une
soixantaine de chefs de clubs et de barricades avaient
été arrêtés.

Le texte du plébiscite soumis à l'approbation des
électeurs était le suivant :

« Le peuple français veut le maintien de l'autorité de Louis-Napoléon Bonaparte, et lui délègue les pouvoirs nécessaires pour établir une constitution sur les bases proposées dans sa proclamation... »

On sait quel fut le résultat du scrutin qui fut ouvert le 20 et le 21 décembre : il y eut 7,439,216 oui et 640,737 non.

Le 31 décembre au soir, ces chiffres furent communiqués officiellement au président par la commission consultative, chargée du recensement des votes. La réponse du prince débutait par ces mots :

« Messieurs,

» La France a répondu à l'appel loyal que je lui avais fait. Elle a compris que *je n'étais sorti de la légalité que pour rentrer dans le droit*. Plus de sept millions de suffrages viennent de m'absoudre, en justifiant un acte qui n'avait d'autre but que d'épargner à la France et à l'Europe des années de trouble et de malheur. »

(*Moniteur* du 1ᵉʳ janvier 1852, p. 2.)

La formule : « sorti de la légalité etc. » aurait été fournie, dit-on, au président par une lettre de Mgr Menjaud, évêque de Nancy, qui l'aurait tenue d'un curé de campagne.

Un autre euphémisme fut employé, à propos du 2 décembre, par M. le vicomte de Vogüé, recevant M. Hanotaux à l'Académie française, le 24 mars 1898.

Retraçant en traits rapides la carrière littéraire de M. Challemel-Lacour, le prédécesseur du nouvel élu, il disait :

« Nul n'avait conservé un souvenir plus amer de *l'opération de police, un peu rude*, qui rassura, un matin de décembre, la société affolée. »

M. Challemel-Lacour était de ceux qui, au lendemain du coup d'État, avaient été emprisonnés, puis exilés.

LIBERTÉ.

« Pardon de la liberté grande ! »

On a avancé, peut-être sans raisons suffisantes, que cette formule avait pour origine un passage des *Mémoires de la vie du comte de Grammont*, d'Antoine Hamilton, ouvrage publié en 1713.

On la trouve, en effet, plusieurs fois répétée au chapitre III de la 1re partie, dans le récit que fait le chevalier de Grammont de ses aventures à son arrivée à Lyon.

Logé chez un hôtelier « empoisonneur et voleur », il fait la connaissance d'un petit marchand de Bâle à chapeau pointu, qui lui demande à chaque instant *pardon de la liberté grande*, tout en lui envoyant force bouffées de tabac et lui raflant au trictrac jusqu'à sa dernière pistole.

Déjà, en 1669, dans *Monsieur de Pourceaugnac*, Molière faisait dire à Sbrigani, se présentant à Oronte sous les traits d'un marchand flamand :

« Je remercie montsir de la faveur grande. »

(Acte II, scène III.)

C'était bien la même façon de parler, qui fut probablement importée par quelques marchands étrangers.

LIRE.

« Je ne lis plus, monsieur, je relis. »

Voici à peu près comment Sainte-Beuve, dans ses *Notes et Pensées* (§ CCIV), raconte la visite faite à

Royer-Collard par Alfred de Vigny, candidat à l'Académie.

Le poète se présenta un matin, sans être attendu, chez le farouche doctrinaire, qui était en conférence avec MM. Decazes et Molé. Il fit passer sa carte et insista pour être introduit. Royer-Collard, qui n'aimait guère à être dérangé, le reçut avec un sans-façon qui frisait l'impolitesse :

« Mais je suis M. de Vigny, monsieur. — Je n'ai pas l'honneur de vous connaître... — Je me présente pour l'Académie ; je suis l'auteur de plusieurs ouvrages dramatiques représentés... — Monsieur, je ne vais jamais au théâtre. — Mais j'ai fait plusieurs ouvrages qui ont eu quelque succès et que vous avez pu lire. — Je ne lis plus, monsieur, je relis. »

Royer-Collard cherchait à rompre un entretien que de Vigny s'obstinait à prolonger. En racontant ces détails à l'auteur des *Lundis*, il exprima ses regrets de s'être montré trop brusque en cette circonstance, et Sainte-Beuve suppose que néanmoins il ne lui refusa pas sa voix.

(*Causeries du lundi*, 3ᵉ éd., t. XI, p. 524.)

De son côté, le comte de Vigny a laissé, dans ses notes intimes, une autre version de son entrevue avec Royer-Collard, récit un peu différent du précédent, et dans lequel, bien entendu, il se donne un rôle moins ridicule. Cette note est daté du 30 janvier 1842.

Introduit par une bonne dans l'antichambre de l'académicien, il vit s'avancer « un pauvre vieillard, rouge au nez et au menton, la tête chargée d'une vieille perruque noire et enveloppé d'une robe de chambre de Géronte » (ou, comme il dit plus loin, du malade imaginaire). Royer-Collard resta debout, appuyé à demi contre le mur.

Du long dialogue aigre-doux qui s'échangea entre eux, nous ne retiendrons que ce qui touche de près à notre sujet :

« A. DE VIGNY. — ...Et comme vous n'allez jamais au théâtre, les pièces jouées un an ou deux de suite aux Français et les livres imprimés à sept ou huit éditions vous sont également inconnus ?

» ROYER-COLLARD. — Oui, monsieur, je ne lis rien de ce qui s'écrit *depuis trente ans* ; je l'ai déjà dit à un autre.

» *(Il voulait parler de Victor Hugo.)*

» ... Je l'ai déjà dit à d'autres, je suis dans un âge où l'on ne lit plus, mais où l'on relit les anciens ouvrages.

» — Puisque vous ne lisez pas, vous écrivez sans doute beaucoup ?

» — Je n'écris pas non plus, je relis.

» — J'en suis fâché, car je pourrais vous lire.

» — Je relis, je relis.

» — Mais vous ne savez pas s'il n'y a pas des ouvrages modernes bons à relire, ayant pris cette coutume de ne rien lire.

» — *(Assez mal à l'aise.)* Oh ! c'est possible, monsieur, c'est vraiment très possible. »

(*Journal d'un poète*, publié par Louis Ratisbonne, éd. de 1882, p. 184 et suiv.)

D'après un de ses biographes (le docteur Adrien Philippe), Royer-Collard aurait encore répondu à son solliteur :

« Je suis vieux, peut-être un peu sourd ; le bruit ne vient pas jusqu'à moi. »

Il paraît qu'en effet, sur la fin de sa vie, il avait l'oreille un peu dure, — ce qui inspira cette méchanceté à Mᵐᵉ Ancelot : « C'est sans doute depuis qu'on ne parle plus de lui. »

(*Royer-Collard, sa vie publique, sa vie privée*;
1857, p. 254-257.)

Citons enfin cette note, que nous trouvons dans le
Journal d'un poète, à l'année 1844 (p. 180), et qui est
sans aucun doute à l'adresse de Royer-Collard :

« Il y a des vieillards qui feignent de ne pas entendre
la voix de toute une génération. Quand on est *sourd*,
il serait juste d'être *sourd et muet*, car on n'a pas le
droit de juger ce qu'on n'a pas entendu. »

Alfred de Vigny fut élu à l'Académie le 8 mai 1845,
en remplacement d'Étienne, et reçu (assez peu gracieu-
sement) par M. Molé, le 29 janvier 1846.

LITTÉRATURE.

« La littérature mène à tout... à condition d'en sortir. »

Le mot serait de M. Villemain (1790-1870), si l'on en
croit M. Cuvillier-Fleury, recevant M. Marmier à l'Académie, dans la séance du 7 décembre 1871.

(*Recueil des Discours, etc.*, p. 92.)

LIVRE.

**Il n'y a si mauvais livre où ne se trouve quelque
chose d'utile.**

Ce jugement, dont nous avons été mainte fois à même
de vérifier la justesse, appartient à Pline le naturaliste.

Pline le jeune, dans un longue et curieuse lettre où il
énumère les œuvres de son oncle et vante son amour
pour l'étude, raconte qu'après le repas il se couchait au

soleil et se faisait faire la lecture en prenant des notes et des extraits selon son habitude, et il ajoute :

« Dicere etiam solebat, nullum esse librum tam malum, ut non aliqua parte prodesset. »

(*A Macer*, livre III, lettre v.)

Alfred de Vigny disait, avec non moins de raison :

« Je n'ai pas rencontré un homme avec lequel il n'y eût quelque chose à apprendre. » (*Journal d'un poète*, année 1834.)

*
**

Le plus beau livre qui soit sorti de la main des hommes,
puisque l'Évangile n'en vient pas.

Telle est la forme que l'on donne généralement à une pensée de Fontenelle relative à l'*Imitation de Jésus-Christ*.

Voici les termes exacts dont il s'est servi dans la *Vie de M. Corneille*, publiée pour la première fois en 1729, dans l'*Histoire de l'Académie* de l'abbé d'Olivet (t. II, p. 177) :

« Je ne trouve point dans la traduction de M. Corneille le plus grand charme de l'Imitation de Jésus-Christ, je veux dire sa simplicité et sa naïveté... Ce livre, le plus beau qui soit *parti de la main d'un homme*, puisque l'Évangile n'en vient pas, n'iroit pas droit au cœur comme il fait,... s'il n'avoit un air naturel et tendre, à quoi la négligence du style aide beaucoup. »

La plus grande obscurité n'a cessé de régner sur l'auteur de l'*Imitation*. D'après une savante dissertation insérée dans l'*Encyclopédie des sciences religieuses*, les quatre livres dont se compose cet ouvrage ont dû paraître successivement de 1415 à 1441, et sont très vraisemblablement l'œuvre de Thomas « a Kempis » (c'est-à-dire de Kempen), chanoine de Mont-Sainte-Agnès, né vers 1379, mort en 1471. On l'a également attribué à Jean Gerson, chancelier de l'université de Paris (1363-1429), à un certain Jean Gersen, abbé de Saint-Étienne de Verceil (XIII° siècle), à d'autres encore. On a enfin supposé que plusieurs écrivains avaient coopéré successivement à sa rédaction.

LOI.

La loi et les prophètes.

Expression souvent employée par les écrivains sacrés. On la trouve trois fois répétée dans le Prologue du traducteur grec de l'*Ecclésiastique*, et les exemples en sont nombreux dans le *Nouveau testament*.

Saint Luc fait dire à Jésus (chap. XXIV, v. 44) : « Il était nécessaire que tout ce qui a été écrit de moi d. ns la loi de Moïse, dans les prophètes, et dans les psaumes, fût accompli. »

Saint Paul écrit, dans son *Épître aux Romains* (chap. III, v, 21) : « Au lieu que maintenant, sans la loi, la justice qui vient de Dieu nous a été découverte, étant confirmée par la loi et les prophètes. » (Voy. encore : Mathieu, VII, 12 et XI, 13 ; Jean I, 45 : actes des apôtres, VII, 52, XIII, 15, XXIV, 14 et XXVII, 23.)

LONGUEUR.

« C'est bien, mais il y a des longueurs. »

(Supplément.)

C'est Rivarol, avons-nous dit, qui aurait ainsi formulé son opinion sur un distique.

Pareil reproche fut un jour adressé à l'auteur d'une facétie intitulée : *Les quatre saisons de l'année, sous le climat de Paris, Poème* D'UN SEUL VERS.

Ce seul vers était :

De la pluie et du vent, du vent et de la pluie.

La *Correspondance* de Grimm le cite en février 1783, et le rédacteur ajoute :

« Ce chef-d'œuvre est de M. le comte de La Touraille, gentilhomme de Mgr le prince de Condé. Il le récita à un de ses amis qui avait le goût très difficile. Vous ne le trouverez pas du moins trop long, lui dit-il. Pardonnez-moi, lui répondit l'ami Sévérus (était-ce encore Rivarol ?), il est trop long de moitié. *Du vent et de la pluie*, disait tout. »

On voit que le climat de Paris n'était guère plus agréable alors que de nos jours.

LUCULLUS.

« Lucullus soupe aujourd'hui chez Lucullus. »

Lucullus, illustre général romain (115-56 ? av. J.- C.), après avoir rendu de brillants services à son pays, notamment dans la guerre contre Mithridate, se livra sans pudeur à tous les raffinements du luxe et de la bonne chère. On cite souvent de lui ce trait qui peint bien le culte excessif qu'il professait pour sa propre personne. Plutarque, traduit par Amyot, le rapporte ainsi :

« Une autre fois qu'il souppoit tout seul, ses gens n'avoyent appresté qu'une table et moyennement à soupper, il s'en courroucea, et feit appeller celuy de ses serviteurs qui avoit charge de cela, lequel luy dit,

« Pour autant, seigneur, que tu n'as envoyé semondre
» (inviter) personne, j'ay pensé qu'il ne falloit ja faire
» grand appareil pour le soupper : comment, lui répli-
» qua il, ne sçavois-tu pas que Lucullus devoit aujour-
» d'huy soupper chez Lucullus. »

(Vie de Lucullus, ch. XL, 3 ; LXXXI de la traduction.)

MANDARIN.

Tuer le mandarin.

On lit dans *le Père Goriot,* de Balzac, roman qui date
de 1835, ce dialogue entre Rastignac et Bianchon :

« — As-tu lu Rousseau ?
» — Oui.
» — Te souviens-tu de ce passage où il demande à
son lecteur ce qu'il ferait au cas où il pourrait s'enrichir en tuant à la Chine un vieux mandarin, sans bouger
de Paris...»
(Édit. Houssiaux, 1870, 9ᵐᵉ vol., p. 411.)

Rastignac était-il bien sûr d'avoir vu cela dans
Rousseau, et ne confondait-il pas avec un passage du
Génie du christianisme, où Chateaubriand s'exprimait
ainsi :

« O conscience ! ne serois-tu qu'un fantôme de l'imagination, ou la peur des châtiments des hommes ? je
m'interroge ; je me fais cette question : « Si tu pouvais
par un seul désir, tuer un homme à la Chine et hériter
de sa fortune en Europe, avec la conviction surnatu-
relle qu'on n'en saurait jamais rien, consentirais-tu à
former ce désir ? »

L'auteur a beau se torturer l'esprit pour justifier un
pareil crime, l'amour du bien l'emporte sur la tentation,
et c'est ainsi qu'il démontre la réalité de la conscience.

(Ire partie, livre VI, chap. II : *Du remords et de la conscience.*)

Une chanson de Louis Protat, intitulée : *Tuons le mandarin*, évidemment postérieure au roman de Balzac, porte comme épigraphe ces quelques lignes que le chansonnier attribue à Rousseau :

« S'il suffisait, pour devenir le riche héritier d'un homme qu'on n'aurait jamais vu, dont on n'aurait jamais entendu parler, et qui habiterait le fin fond de la Chine, de pousser un bouton pour le faire mourir... qui de nous ne pousserait pas ce bouton et ne tuerait pas le mandarin ?... »

Enfin, MM. Albert Monnier et Édouard Martin ont donné au Palais-Royal, le 20 novembre 1855, sous le titre : *As-tu tué le mandarin ?* un petit acte dans lequel ils ont reproduit de confiance (scène II) la prétendue citation de Rousseau.

Si donc, comme cela paraît à peu près certain, il y a ici une erreur d'attribution, c'est Balzac qui a été le premier coupable, et c'est de son roman qu'est née la formule : *tuer le mandarin*, qui n'existe qu'à l'état embryonnaire dans le passage de Chateaubriand.

MANGER.

« A quelle sauce voulez-vous être mangés ? »

La *Correspondance* de Grimm mentionne, en avril 1787, « une gravure représentant un gros fermier au milieu de sa basse-cour, entouré de poules, de dindons, etc., avec ce petit dialogue au bas :

» LE FERMIER.

» Mes bons amis, je vous ai rassemblés tous pour savoir à quelle sauce vous voulez que je vous mange.

» UN COQ (*dressant sa crête*).

» Mais nous ne voulons pas qu'on nous mange.

» LE FERMIER.

» Vous vous écartez de la question. »

C'était une allusion à la première assemblée des notables, que le ministre Calonne avait réunie le 22 février 1787, espérant les décider à se dépouiller de leurs privilèges.

Les *Mémoires secrets* de Bachaumont donnent la description d'une caricature à peu près semblable, et reproduisent trois pièces satiriques sur le même sujet (6 et 28 mars, 14 et 27 avril 1787).

Une lithographie publiée dans *la Caricature* du 2 janvier 1834 (pl. 347), a réédité cette vieille plaisanterie.

On y voyait le roi Louis-Philippe en costume de cuisinier, au milieu d'un troupeau de dindons auxquels il tient ce discours :

« Mes amis, mes succulents amis, je vous ai rassemblés pour vous demander à quelle sauce vous voulez que je vous mange. »

Les « députés-dindons » répondent, comme le renard de la fable :

Vous nous ferez, *Saigneur*,
En nous croquant, beaucoup d'honneur.

(La session de 1834 venait de s'ouvrir le 23 décembre 1833.)

MANTEAU.

« **Le manteau troué de la dictature.** »
(Supplément.)

On peut supposer qu'il y avait dans ce mot de

M. Floquet une réminiscence plus ou moins consciente de la parole de mépris jetée par Socrate au philosophe cynique Antisthène, qui affectait de faire voir les déchirures de son pallium :

« Je vois ton orgueil à travers les trous de ton manteau. » (Diogène Laërce, Vie de Socrate.)

MARCHEUR.

« Vieux marcheur. »

Depuis quelques années, on a adopté cette expression, dans le jargon du boulevard, pour désigner l'homme qui, parvenu à un âge avancé, n'a pas renoncé aux plaisirs plus spécialement réservés à la jeunesse.

En 1895, M. Henri Lavedan, ce spirituel observateur des mauvaises mœurs parisiennes, nous a présénté le type du *Vieux marcheur*, dans un roman dialogué qui porte ce titre, en la personne du sénateur Labosse, vieillard dépravé dont le caractère est rendu moins déplaisant par un certain fond de bonté. Ce personnage figurait déjà dans *le Nouveau Jeu*, autre roman du même auteur (1892), dont le chapitre XVI est intitulé *le Vieux marcheur*.

Le mot « marcheur » paraissant tenir ici la place de « coureur », on peut supposer qu'il contient une allusion à une démarche plus lente du monsieur qui suit les femmes. C'est ce que tendrait à nous faire croire une phrase du discours de M. Costa de Beauregard, recevant M. Lavedan à l'Académie, le 20 décembre 1899.

« J'ai hâte, disait-il, de rejoindre ce vieux coureur que l'usure professionnelle réduit à n'être plus qu'un vieux marcheur. »

Telle n'a pas été, croyons-nous, la pensée de l'auteur,
et nous ne pouvons voir dans cette interprétation qu'un
simple jeu de mots. « Marcheur » dérive ici du verbe
« marcher », pris dans le sens de « s'exécuter », se
soumettre aux formalités caractéristiques d'une aventure galante.

Ce bout de dialogue, que nous cueillons à la page 41
du *Vieux marcheur*, ne peut laisser aucun doute à cet
égard.

Il s'agit de René Faloise, jeune homme de dix-sept
ans, qui, à la grande indignation de son oncle Labosse,
témoigne de la plus parfaite indifférence sur le chapitre
de l'amour, et refuse obstinément de répondre aux
avances d'une petite amie de Labosse, Pauline de
Glanes :

« LABOSSE. — ... Mon neveu a tout ce qu'il faut
pour marcher.
» PAULINE. — Mais il ne marche pas ?
» LABOSSE. — Pas du tout. »

Quelque peu sympathique que soit ce néologisme, il
faut bien admettre qu'il répondait à un besoin, puisqu'il
a été accueilli avec tant de faveur dans un certain
milieu.

M. Lavedan a tiré de son roman une comédie portant
le même titre, représentée aux Variétés le 3 mars 1899.

MIDI.

Le Midi bouge.

Souvenir d'une chanson de marche des mobiles du
Midi, composée en 1870, au camp de Sathonay (Ain),
par Paul Arène (musique arrangée par Aristide
Bruant).

La chanson a pour titre : *Une, deux*, et pour refrain:

> Une, deux, le Midi bouge,
>   Tout est rouge !
>   Une, deux,
> Nous nous f...ons bien d'eux !

M. Paul Arène a en outre intitulé : *Le Midi bouge*, un recueil de contes publié chez Flammarion, en 1895.

L'auteur justifie tant bien que mal, dans son Introduction, un titre qui n'a qu'un rapport très lointain avec le contenu de son livre.

MONARCHIE.

> **La France est une monarchie absolue, tempérée par des chansons.**
>
> (Supplément.)

Ce mot de Chamfort paraît être la parodie d'un ancien principe de droit public que MM. Dupin et Éd. Laboulaye ont fait figurer en tête des *Institutes coutumières* d'Antoine Loysel, dans leur édition de 1846 (t. I, p. 1) :

« La France est une monarchie héréditaire tempérée par les lois. »

MOT.

> **« Des mots, des mots, des mots ! »**

Au II⁰ acte de l'*Hamlet* de Shakespeare (scène II), le malheureux prince, simulant la folie, répond à Polonius qui lui demande ce qu'il lit :

« Words, words, words ! »

On a rapproché cette réponse du vers latin :

> Sunt verba et voces præetereaque nihil,

(Ce sont des mots et rien que des mots.)

Vers qu'on attribue vaguement à Quintilien, mais dont on n'a pu fixer l'origine avec précision.

Le premier hémistiche se trouve dans Horace, mais avec un tout autre sens (1re Épître du livre I, v. 34) :

> Sunt verba et voces, quibus hunc lenire dolorem
> Possis, et magnam morbi deponere partem.

(Il y a des mots et des formules propres à calmer cette souffrance et à te soulager d'une bonne partie de ton mal.)

Dans ses *Apophtegmes des Lacédémoniens* (auteurs inconnus, n° XIII), Plutarque a conté cette anecdote, qui a pu donner naissance au proverbe latin :

« Un Lacédémonien ayant plumé un rossignol, et ne trouvant qu'une quantité de chair insignifiante, dit : « Tu es une voix, et rien de plus. »

Le texte grec porte :

> Φωνὰ τύ τις ἐσσὶ, καὶ οὐδὲν ἄλλο.

Ce que l'on a traduit ainsi :

> Vox tu es, et nihil præterea.

MOURIR.

« Maintenant que je l'ai vu, je peux mourir. »

Parole empruntée à l'Écriture.

Le vieux Siméon, qui vivait à Jérusalem au temps de Jésus-Christ, « homme juste et craignant Dieu », avait reçu du Saint-Esprit la promesse qu'il ne mourrait point avant d'avoir vu le Messie.

Il vint au Temple un jour que le père et la mère du

petit Jésus l'y portaient.

Il le prit entre ses bras, et bénit Dieu, en disant :

« C'est maintenant, Seigneur, que vous laisserez mourir en paix votre serviteur, selon votre parole,

» puisque mes yeux ont vu le Sauveur que vous nous donnez. »

(Luc, chap. II, v. 25 à 30. Trad. Le Maistre de Sacy.)

On connait cette parodie du mot de Siméon :

« Maintenant que je l'ai vu, *il peut* mourir. »

MULTITUDE.

La « vile multitude ».

(Supplément.)

Dans cette « vile multitude » que méprisait M. Thiers, reconnaissons la « plebs sordida » dont parle Tacite, habituée du cirque et des théâtres, composée des plus vils esclaves et de ceux qui, ayant mangé leurs biens, vivaient des vices de Néron. (*Histoires*, liv. I, chap. IV.)

Dans *les Historiens fantaisistes*, M. le comte de Martel fait remarquer que M. Thiers se servait volontiers des expressions *populace, vile populace,* ou leurs équivalents. Il les a relevés plus de soixante fois dans l'*Histoire de la Révolution française*, principalement dans les premiers volumes.

(*M. Thiers*, 1880, p. 3.)

MUR.

« Jenneval est dans vos murs ! »

Jenneval fut un acteur assez médiocre, parait-il, et néanmoins assez goûté du public, qui avait la spécialité de courir la province et d'y jouer les rôles de Frédérick Lemaître, en particulier dans le répertoire d'Alexandre Dumas. Il parut même plusieurs fois sur les théâtres de Paris, notamment au Théâtre du Cirque, où il créa un rôle important dans *la Prise de Pékin*, en 1861.

Il s'était acquis une sorte de célébrité, qui lui a survécu, par la fameuse formule qui figurait sur ses affiches.

« Jenneval, écrit M. Jules Prével dans *le Figaro* du 9 janvier 1889, avait été souvent blagué par les journaux sur la grandeur des affiches où il annonçait ses représentations : son nom seul — JENNEVAL — y prenait des dimensions énormes, toujours plus grosses que le titre du drame où il allait se montrer. C'est lui qui avait inventé cette affiche pour les villes de province :

« HABITANTS DE ***

» *Réjouissez-vous*

» JENNEVAL EST DANS VOS MURS. »

Le beau Jenneval, comme on l'appelait, fut longtemps accompagné dans ses tournées par sa camarade et amie Clarisse Miroy, dont la mort le laissa inconsolable.

Après avoir été inspecteur des Omnibus, puis des Petites-Voitures, il était, dit-on, à la fin de sa vie, employé à la Préfecture de police, au bureau des objets perdus. Il mourut le 7 janvier 1889, à l'âge de soixante-sept ans.

Nous ajouterons que l'expression « dans nos murs », qui aujourd'hui fait sourire, était fort en honneur dans les documents officiels vers la fin de la Restauration, alors que M. Prudhomme florissait.

Lors de l'embarquement pour Alger de l'armée d'expé-

dition, *le Moniteur* du 16 mai 1830 publiait des nouvelles de province ainsi libellées :

« Avignon, le 9 mai. — M. le Dauphin, de retour de
Toulon, est entré *dans nos murs.*
» Grenoble, le 11 mai. — S. A. R. M. le Dauphin
est arrivé *dans nos murs*, le 8...
» Lyon, le 10 mai. — L'enthousiasme de Marseille
et de Toulon a trouvé de l'écho *dans nos murs.* »

*
* *

**On s'intéresse toujours à ce qui se passe
derrière un mur.**

Cette réflexion, qui caractérise avec tant de vérité
la curiosité des badauds parisiens, est due, on le sait,
à Victor Hugo. On la trouve au premier chapitre de son
roman *Notre-Dame de Paris*, publié pour la première
fois en 1831.

Décrivant l'affluence qui se pressait aux abords du
Palais de justice, le 6 janvier 1482, pour voir représenter un mystère auquel devaient assister les ambassadeurs flamands, le grand poète écrivait :

« Aux portes, aux fenêtres, aux lucarnes, sur les
toits, fourmillaient des milliers de bonnes figures bour-
geoises, calmes et honnêtes, regardant le Palais, regardant la cohue, et n'en demandant pas davantage ; car
bien des gens à Paris se contentent du spectacle des
spectateurs, et *c'est déjà pour nous une chose très
curieuse qu'une muraille derrière laquelle il se passe
quelque chose.* »

NÈGRE.

« C'est vous qui êtes le nègre ? Eh bien, continuez ! »

L'abbé L. C. Berry, dans sa biographie de *Mac
Mahon* (Autun, 1895), nous fait comprendre (p. 64) pour-

quoi le maréchal-président, passant une revue à Saint-Cyr, aurait dit à un élève : « Ah ! c'est vous qui êtes le nègre ? Eh bien, continuez ! »

On a coutume, nous dit-il, à Saint-Cyr, d'appeler *le nègre* le premier de la promotion. Donc rien de plus naturel que le duc de Magenta, un ancien Saint-Cyrien, se soit servi d'une expression qu'il connaissait de longue date.

Une note insérée dans *le Gaulois* du 4 mars 1898 est venue compléter cette explication. Le jeune homme interpellé se trouvait précisément être un mulâtre, ce qui semblait justifier l'interprétation comique donnée au conseil du maréchal.

« Le pauvre garçon, ajoutait-on dans cette note, paya de sa tranquillité la syntaxe du maréchal : sorti de l'École dans un très bon rang, il fut poursuivi par ce plaisant souvenir, qui lui valut quelques duels, et à la fin, las de la brimade persistante, il donna sa démission.

» Or, il est assez amusant de savoir ce qu'est devenu le « nègre » de Mac Mahon, un des personnages les plus populaires de l'histoire contemporaine : il est aujourd'hui procureur de la République à Nouméa. »

Il va sans dire que nous laissons au *Gaulois* toute la responsabilité de son information.

NEIGE.

Mais où sont les neiges d'antan !

Refrain de la *Ballade des Dames du temps jadis* (1461), de François Villon (né en 1431).

Nous empruntons le texte du premier couplet à l'édition des *Œuvres complètes* de ce poëte, publiée d'après les manuscrits par Aug. Longnon en 1892 :

> Dictes moy où, n'en quel pays,
> Est Flora, la belle Romainne,
> Archipiada, ne Thaïs,
> Qui fut sa cousine germaine ;
> Echo, parlant quand bruyt on maine
> Dessus riuiere ou sus estan,
> Qui beaulté ot (eut) trop plus qu'humaine ?
> Mais où sont les neiges d'antan !

Cette ballade se trouve, avec quelques changements d'orthographe, dans la plus ancienne édition connue des poésies de Villon, qui porte ce titre : *Le Grand testament de Villon et le petit* (1489 ; fol. 8, verso).

NERF.

Le nerf de la guerre.

Dès l'antiquité grecque, on a appelé l'argent : le nerf des affaires, ou le nerf de la guerre.

Le plus ancien exemple que l'on en cite est le suivant :

Dans son discours *Contre Ctésiphon* (338 av. J.-C.), Eschine, orateur athénien, reprochait à Démosthènes, son ennemi, d'avoir employé quelques métaphores qu'il déclarait « odieuses et barbares », celle-ci entre autres (division 166) :

ὑποτέτμηται τὰ νεῦρα τῶν πραγμάτων.

(Le nerf des affaires a été traitreusement tranché.)

Parmi les documents relatifs à cette expression, il importe de mentionner le chapitre célèbre dans lequel Machiavel combat l'opinion généralement admise que l'argent est le nerf de la guerre. (*Discours sur la première décade de Tite-Live*, liv. II, chap. x ; 1516 environ.)

« Il n'y a pas, disait-il, d'opinion plus fausse...
Elle a été mise en avant par Quinte-Curce, à l'occasion de la guerre d'Antipater, roi de Macédoine, contre Lacédémone. Il raconte que, par défaut d'argent,
le roi de Sparte fut obligé de livrer bataille : il fut
vaincu. S'il eût pu différer de quelques jours, la nouvelle de la mort d'Alexandre serait arrivée ; il serait
resté vainqueur... Et Quinte-Curce en prend occasion
de dire que l'argent est le nerf de la guerre...

» Ce n'est pas l'or, mais les bons soldats, qui sont
le nerf de la guerre. L'or ne fait pas trouver de bonnes
troupes, mais les bonnes troupes font trouver de l'or. »

(Trad. du *Panthéon littéraire*.)

Selon Machiavel, l'argent n'est pas plus le nerf de la
guerre que toutes les autres choses qui peuvent réduire
un général à la fâcheuse nécessité de livrer bataille
malgré lui.

NUIT.

Car il n'est si beau jour qui n'amène sa nuit.

Chateaubriand, dans ses *Mémoires d'outre-tombe*,
raconte, à la date du 20 septembre 1833, sa visite à
l'église Saint-Antoine de Padoue (*il Santo*), à Padoue.

Dans le cloître, il lut, sur la tombe du jeune d'Orbe-
san, mort en 1595, une épitaphe qui se termine, dit-il,
« par un vers qu'un grand poète voudrait avoir
fait » :

Car il n'est si beau jour qui n'amène sa nuit.

Cette belle pensée est empruntée à un dicton dont
le Livre des proverbes de Le Roux de Lincy donne ces
deux variantes (série III) :

« Il n'est si grand jour qui ne vienne au vespre, ny
temps qui ne prenne fin. »

(*Adages français*, XVIe siècle.)

« Il n'y a si long jour qui ne vienne à la nuit. »

(*Trésor* de G. Meurier, XVI° siècle.)

**

Il ne voit que la nuit, n'entend que le silence.

(Supplément.)

On peut encore rapprocher du vers de Delille ce passage célèbre du *Paradis perdu*, de Milton (1608-1674), que ce grand poète publia en 1667 :

. . . . Yet from those flames
No light ; but rather darkness visible
Serv'd only to discover sights of woe.

(Pourtant de ces flammes ne sortait pas de lumière, mais plutôt des *ténèbres visibles* ne servaient qu'à faire entrevoir des spectacles d'horreur. »

(Livre I, v. 62-64.)

Nous rappellerons enfin l'expression employée par Corneille dans ces vers du *Cid* (acte IV, sc. III, v. 1273) :

Cette obscure clarté qui tombe des étoiles
Enfin avec le flux nous fit voir trente voiles.

ONDOYANT.

Ondoyant et divers.

Expression tirée de ce passage des *Essais* de Michel de Montaigne (livre I, chap. I, 7° alinéa) :

« Certes c'est un subject merveilleusement vain, divers et ondoyant, que l'homme : il est malaysé d'y fonder iugement constant et uniforme. »

ORDRE.

L'ordre règne à Varsovie.

(Supplément.)

N'est-on pas tenté de rappeler, à propos de cette

parole malheureuse du comte Sébastiani, le mot que Tacite prête à Galgacus, le grand chef des Bretons, exhortant les siens à la lutte contre les Romains : « Ubi solitudinem faciunt, pacem appellant. » (Faire la solitude, c'est ce qu'ils appellent faire la paix.)

(*Vie d'Agricola*, fin du chap. XXX.)

PAILLE.

« La paille humide des cachots. »

Épave du style déclamatoire, qui, grâce à la pléiade romantique, aux *Jeune-France*, bousingots, etc., brilla d'un éclat nonpareil à la fin de la Restauration et dans les premières années du règne de Louis-Philippe.

Une des curieuses caricatures publiées par le *Figaro* en 1832 (n° 8 de la série), portait ironiquement comme titre et comme légende : *Maison de santé. — Les patriotes pourrissant sur la paille humide des cachots.*

Ce dessin, décrit dans le n° du 12 décembre 1832, représentait des patriotes, victimes d'une société inhumaine, achevant un souper en joyeuse compagnie.

« Vous croiriez que c'est une orgie, disait-on dans l'article ; point. C'est une réunion de patriotes pourrissant sur la paille humide des cachots.

» Où donc est la paille humide, où est le martyre,... où est le cachot ? Ma foi, demandez-le à ces pauvres et malheureux patriotes qui gémissent d'une si joyeuse façon : ils vous feront une élégie sur leur misérable condition.

» Car c'est une vieille et classique fiction républicaine que celle des fers et de la paille humide des cachots...

» Ce sont les bateleurs et saltimbanques de l'emprisonnement. »

On pourrait faire remonter cette formule aux récits plus ou moins véridiques qui furent faits, au lendemain de la prise de la Bastille, des horreurs que recélait cette mystérieuse prison.

Voici la description que donnait *le Moniteur* du 24 juillet 1789, des cachots de cet « antre du despotisme », où l'on trouva des « entraves faisant le tourment des condamnés », un « corselet de fer » et autres « machines non moins cruellement combinées » :

« Le malheureux habitant d'un de ces lieux horribles, privé d'air et de la clarté du jour, plongé dans une atmosphère infecte et *humide*, au milieu d'un limon où pullulaient les crapauds, entouré de rats et d'araignées, y trouvait bientôt la fin de sa déplorable existence. L'ameublement de ces antres hideux consistait en une énorme pierre recouverte de *paille*, qui servait de lit aux prisonniers. »

M. Frantz Funck-Brentano, dans ses *Légendes et archives de la Bastille* (chap. II, et chap. VII, p. 266), et M. Sardou, dans la préface de ce curieux volume, ont fait justice de ces récits fabuleux, que M. Louis Blanc s'est empressé d'accueillir avec une complaisante crédulité.

Cet historien parle de chaînes usées par des mains innocentes : elles provenaient de deux statues de captifs placées près de l'horloge. Le cercle de fer rivé au corps de Latude était un bandage orthopédique. Un prétendu instrument de torture était un pacifique tourne-broche, et le fameux corselet de fer, un fragment d'armure du XV° siècle.

PAS.

Il n'y a que le premier pas qui coûte.

A ce proverbe, dont l'origine ne nous est d'ailleurs

pas connue, se rattache le souvenir d'une heureuse repartie de madame Du Deffand (1697-1780). Elle-même, dans une lettre à Horace Walpole du 6 juin 1767, a ainsi raconté dans quelles circonstances elle a fait l'application de cet aphorisme :

« Vous me demandez mon mot de saint Denis, cela est bien plat à raconter, mais vous le voulez.

» M. le cardinal de Polignac, beau diseur, grand conteur, et d'une excessive crédulité, parlait de saint Denis, et disait que, quand il eut la tête coupée, il la prit et la porta entre ses mains. Tout le monde sait cela ; mais tout le monde ne sait pas qu'ayant été martyrisé sur la montagne de Montmartre, il porta sa tête de Montmartre à Saint-Denis, ce qui fait deux grandes lieues... « Ah ! lui dis-je, monseigneur, je crois » que dans une telle situation, il n'y a que le premier » pas qui coûte. »

(*Correspondance complète de Mme la marquise Du Deffand* ; lettre 231. — 1865, t. I, p. 433.)

L'anecdote remontait au moins à 1742, année de la mort du cardinal.

Le mot de Mme Du Deffand a été cité par Voltaire, en 1762, dans une note de *la Pucelle d'Orléans* (chant I, v. 205), et par Grimm, dans sa *Correspondance littéraire*, à la date du 15 mai 1764.

PAYS.

« Le pays où fleurit l'oranger. »

Formule qui semble avoir été créée spécialement à l'intention de M. Joseph Prudhomme. On n'a pas plus tôt dit devant lui : « Connais-tu... ? » qu'il achève la phrase en ajoutant : « ...le pays où fleurit l'oranger. »

Chacun sait que la chanson de Mignon, dans le charmant opéra-comique de ce nom, commence par ces vers :

Connais-tu le pays où fleurit l'oranger,
Le pays des fruits d'or et des roses vermeilles...
C'est là que je voudrais vivre !

(Paroles de MM. Michel Carré et Jules Barbier ;
musique d'Ambroise Thomas. — Opéra-Comique,
17 novembre 1866. Acte Ier, scène VI.)

Pour compléter sur ce point l'instruction de M. Prudhomme, nous rappellerons que ces vers sont la traduction de ceux que Goethe fait chanter à Mignon dans la
première partie de son roman : *Wilhelm Meister* (*Années
d'apprentissage*, 1794, livre III, début du chap. Ier) :

Kennst du das Land, wo die Citronen blüh'n,
Im dunkeln Laub die Gold-Orangen glüh'n,
Dahin, dahin
Möcht'ich mit dir, o mein Geliebter, zieh'n !

(Connais-tu la contrée où les citronniers fleurissent ?
Dans le sombre feuillage brillent les pommes d'or...
C'est là, c'est là, ô mon bien-aimé, que je voudrais
aller avec toi. — Trad. J. Porchat.)

Le premier de ces vers n'est pas moins populaire en
Allemagne que sa traduction l'est en France.

PENDRE.

**Passants, contemplez la douleur
D'Absalon pendu par la nuque.**

On voyait autrefois, derrière la vitrine d'un perruquier
du boulevard Bonne-Nouvelle, près de la porte Saint-
Denis, un store sur lequel était peint Absalon pendu par
les cheveux, avec cette inscription :

Passants, contemplez la douleur
D'Absalon pendu par la nuque.
Il eût évité ce malheur
S'il eut porté perruque.

Cette enseigne, qui dut disparaître vers 1864, ne devait rien à l'imagination du facétieux perruquier.

En 1805, Sallentin, dans le recueil qui a pour titre bizarre *l'Improvisateur Français*, parlait, à l'article Perruque, d'une peinture toute semblable, accompagnée d'un quatrain presque identique, accrochée devant la boutique d'un « savant perruquier » de Troyes en Champagne.

Dès 1787, Nougaret signalait aussi, dans son *Tableau mouvant de Paris* (t. I, p. 29), une enseigne représentant Absalon, dans la même position critique, avec ces mots :

> « Une perruque l'eut sauvé. »

On sait qu'Absalon, fils de David, s'était rendu célèbre par sa luxuriante chevelure.

« Lorsqu'il se faisait faire les cheveux, lit-on dans la Bible, (ce qu'il faisait une fois tous les ans, parce qu'ils lui chargeaient trop la tête), on trouvait que ses cheveux pesaient deux cents sicles. » (Le sicle pesait 20 oboles et l'obole 16 grains d'orge.)

Absalon, s'étant révolté contre son père, ses troupes furent défaites dans la forêt d'Ephraïm, où il trouva la mort.

« Absalon même, dit encore l'Écriture, fut rencontré par les gens de David : car, lorsqu'il était sur son mulet et qu'il passait sous un grand chêne touffu, sa tête s'embarrassa dans les branches du chêne ; et son mulet passant outre, il demeura suspendu entre ciel et terre. »

(II⁰ livre des *Rois*, XIV, 26, et XV, 9.)

Paul Verlaine, dans ses *Confessions* (1899, p. 40), nous parle de la joie que lui causait, dans ses promenades sur le boulevard vers 1851, la vue de la fameuse enseigne du perruquier :

« Ces « vers », dit-il, écrits au-dessous d'un tableau un peu sommairement peint mais non des moins impressionnants pour des yeux sans préjugés comme les miens d'alors (il avait environ sept ans), sont, je crois, les premiers que j'aie sus par cœur. Au fond, ils en valent bien d'autres qui ont fait et font encore plus de bruit. »

PENSÉE.

« Les grandes pensées viennent du cœur. »

A la suite de son *Introduction à la connaissance de l'esprit humain* (1746), Vauvenargues (1715-1747) donnait des *Paradoxes mêlés de réflexions et de maximes*, pensées qui ne sont pas toutes bonnes à retenir. Celle-ci, la xxv° du livre II, est une des plus célèbres.

Il faut croire que le jeune philosophe faisait assez peu de cas de ces « grandes pensées », car il ajoutait un peu plus loin (maxime CXX) :

« Si les grandes pensées nous trompent, elles nous amusent. »

Voltaire tenait Vauvenargues en haute estime. Il lui écrivait, le 23 mai 1746 :

« Bonjour, homme aimable et homme de génie... Votre société m'est aussi chère que votre goût m'est précieux. »

La Harpe le jugeait ainsi dans son *Cours de littérature* :

« Comme moraliste, il a plus d'élévation que La Rochefoucauld, et relève l'homme autant que celui-ci l'avait abattu. »

PERDRE.

Je perds sur ce que je vends, mais je me rattrape sur la quantité.

(Supplément.)

Une note de Meister, que l'on trouve dans la *Correspondance* de Grimm, à la date d'août 1781, nous fait connaître l'auteur probable de cette vieille plaisanterie.

A propos de ce vers des *Adieux de l'arbre de Cracovie* (celui du Palais-Royal), qu'on avait récemment abattu :

Adieu, bon Josserand, mon voisin riche et triste...

Meister ajoute : « Josserand, le maître du café deFoy ; c'est celui qui disait l'année dernière : « Je perds sur » chaque glace que je vends, plus de deux sous, mais » je me sauve sur la quantité. »

(Édit. M. Tourneux, t. XIII, p. 12.)

PÉRIR.

« S'il faut périr, pérons ! »

C'était, paraît-il, une des plaisanteries favorites du célèbre clown Auriol (1808-1881), qui amusa si lontemps le public du Cirque de Paris.

Il parodiait ainsi certains vers tragiques dont le théâtre de Corneille offre quelques échantillons.

Dans *Nicomède* (1651), Laodice, reine d'Arménie, dit à Nicomède :

...S'il faut périr, nous périrons ensemble.

(Acte Ier, scène Ire, v. 112.)

Et dans *Sertorius* (1662), Viriate dit à Sertorius :

Vous, s'il y faut périr, périssez avec moi.

(Acte IV, scène III, v. 1384.)

PHRASE.

La mort sans phrase.

La séance de la Convention nationale des 16 et 17 janvier 1793, présidée par Vergniaud, vit se dénouer le terrible drame qui se termina par le supplice du roi Louis XVI.

Les députés avaient à répondre à cette question : « QUELLE PEINE LOUIS, CI-DEVANT ROI DES FRANÇAIS, A-T-IL ENCOURUE ? »

A l'appel de son nom, Sieyès, député de la Sarthe, répondit simplement : « LA MORT. »

(*Moniteur* du dimanche 20 janvier 1793, p. 102, col. 2.)

Il ne dit point, comme on l'a répété, et comme on le répétera éternellement : « *La mort sans phrase.* »

M. Fournier (*l'Esprit dans l'histoire*, V⁰ éd., p. 389) donne une explication de cette légende :

M. de Pongerville lui aurait assuré, sur la foi de Du Festel, un des votants dans le procès de Louis XVI, que l'erreur provenait d'un sténographe du *Moniteur*, qui, pour souligner le « laconisme exceptionnel » de Sieyès, aurait ajouté de sa main les mots « *sans phrase* ».

Or, nous ferons observer que le vote de Sieyès n'eut rien d'exceptionnel. Beaucoup d'autres députés, avant et après lui, en firent autant. D'après *le Moniteur*, six députés de la Sarthe, sur dix, n'ajoutèrent à leur vote aucun mot d'explication. Trois d'entre eux successivement votèrent ainsi la mort : Froger, Sieyès et Letourneur.

Quoi qu'il en soit de cette histoire de sténographe, il est bien clair que l'erreur résulte d'un malentendu très facile à expliquer.

PIÉTRO.

> **« Banni des états de Gênes avec défense de porter le nom de Piétro. »**

Cette phrase d'un bon comique passe pour appartenir à l'un des mélodrames de Bouchardy, notamment à *Gaspardo le pêcheur*, joué à l'Ambigu-Comique le 14 janvier 1837.

Il s'y trouve bien un personnage du nom de Piétro, proscrit pendant vingt-cinq ans, mais ni dans son rôle ni dans les autres ne figure la célèbre naïveté.

Peut-être s'agit-il ici, comme cela est souvent arrivé, d'une phrase entendue à la première représentation, que l'auteur n'a pas cru devoir laisser subsister dans la brochure. Peut-être aussi n'est-ce qu'une parodie du style de ce dramaturge, chez lequel on a la bonne fortune de rencontrer des tirades telles que celle-ci :

> « Je l'aimais comme on aime quand on n'a jamais connu sa mère, et que tout l'amour que l'on aurait dépensé sur elle, s'est amassé dans le cœur pour retomber un jour sur la tête de celle que Dieu vous dit d'aimer. »

(*Gaspardo*, acte Ier, sc. v, rôle de Francesco.)

PLAIRE.

> **« On veut avoir ce qu'on n'a pas,
> Et ce qu'on a cesse de plaire. »**

Philippe et Georgette, comédie en un acte, mêlée d'ariettes, de Monvel; musique de Dalayrac. Comédie Italienne, 28 décembre 1791. Refrain du premier couplet chanté à la scène VIII par M. Bonnefoi.

Fin du 3e couplet :

> Notre femme a beaucoup d'appas,
> Celle du voisin n'en a guère...
> Mais on aime ce qu'on n'a pas,
> Et ce qu'on a cesse de plaire.

Ce refrain est une traduction de deux vers de Lucrèce (*De natura rerum*, liv. III, v. 1095-1096) :

> Sed, dum abest, quod avemus, id exsuperare vidêtur
> Cetera ; post aliud, quum contigit illud, avemus.

« Mais tant que les objets de nos désirs sont encore loin de nous, ils nous semblent bien au-dessus du reste : puis nous les tenons à peine que nous aspirons à un autre bien. » (Trad. de l'édit. Nisard.)

PLAISIR.

« Car tel est notre bon plaisir. »

Sous l'ancienne monarchie française, les ordonnances, édits, lettres patentes, etc., se terminaient présque invariablement ainsi : « Et afin que ce soit chose ferme et estable à toujours, nous avons fait mettre nostre seel à cesdites présentes... »

Cette phrase était souvent précédée d'une autre, plus courte, indiquant que ces décisions émanaient de la volonté du souverain, et dont on peut citer plusieurs variantes.

Voici celles que nous avons notées en feuilletant la collection des *Ordonnances des rois de France de la troisième race* (21 vol. in-fol., 1723-1849), qui s'arrête au règne de Louis XII :

T. VI, p. 613 : « Car ainsi nous plaist-il estre fait. » (Charles VI, à Saint-Victor-lez-Paris, 10 août 1381.) Pendant longtemps, à partir de cette époque, cette formule est celle qui reparaît le plus souvent. Quelquefois elle est ainsi modifiée :

« Car ainsi le voulons et nous plaist estre fait. »
(T. XV, p. 111. – Louis XI, septembre 1461.)

T. XVI, p. 286 : « Car tel est nostre vouloir et
franche volonté. » (Louis XI, à Tours, décembre 1464.)

Formule qui semble en quelque sorte préparer la suivante :

T. XVII, p. 555 : « Car tel est nostre plaisir. »
(Louis XI, à Amboise, 31 octobre 1472.)

C'est le plus ancien exemple de cette variante qui
nous soit tombé sous les yeux.

M. Louis de Mas Latrie a publié une étude relative
à cette formule dans le tome XLII de la *Bibliothèque
de l'École des Chartes* (1881, p. 560 à 564). Il l'a
trouvée souvent employée depuis le règne de
Charles VIII jusqu'à celui de Louis XVI, mais nulle
part, dans aucune pièce officielle, il n'a rencontré la
variante si souvent citée : « Car tel est notre NON plaisir. » Ce n'est, selon lui, qu'après le rétablissement du
régime monarchique, en 1804, que Napoléon l'adopta
officiellement. Elle resta en usage sous la Restauration.

Nos recherches nous ont cependant fait découvrir, dès
la fin du règne de Louis XVI, quelques rares exemples
de la fameuse formule dans des pièces parfaitement
authentiques.

Ceux qui voudront en avoir la preuve n'ont qu'à se
reporter aux minutes des lettres patentes ci-après désignées, conservées aux Archives nationales, dans le car-
ton coté X^{1B} 9082 :

1° Liasse de décembre 1787.

*Lettres de subrogation de M^{tre} Langlois de
Pomeure au lieu de M^{tre} de Chavanne... en faveur des
créanciers de Vigny de Gravilles. — Donné à Ver-*

sailles, le 3 novembre 1787. — Registrées en parlement le 31 décembre 1787.

2º Liasse de janvier 1788.

Lettres patentes confirmatives d'un traité fait entre le chapitre de S¹ Thugal de Laval et M. le duc de la Trémoille. — Versailles, juillet 1787. — Registrées le 11 janvier 1788.

3º Liasse de février 1788.

Privilège de quatre étaux à boucher en faveur du sieur Maindorge. — Versailles, 27 janvier 1788. — Registré le 26 février 1788.

Ces trois pièces portent en toutes lettres : « Car tel est notre BON plaisir », et il est fort probable qu'on en trouverait d'autres exemples.

Comme l'a très justement fait observer M. de Mas Latrie (p. 562), il ne faut jamais s'en rapporter au texte des pièces imprimées. On risquerait fort d'être induit en erreur par des ouvrages qui semblent présenter de sérieuses garanties d'exactitude. Nous citerons notamment l'*Appendice* que M. Chéruel a placé à la fin des *Mémoires de Fléchier sur les Grands-Jours d'Auvergne* (1665-1666) dans l'édition de 1856. Dans un extrait du *Journal* du greffier Dongois, on lit, à la page 334 : « Car tel est nostre bon plaisir. »

Or, la copie dont s'est servi M. Chéruel, cotée aux Archives U, 750, porte simplement au fol. 72, ligne 7 : « Car tel est nostre plaisir. »

Autre exemple, emprunté à une de nos plus importantes publications : la *Revue des questions historiques.* La livraison du 1ᵉʳ juillet 1882 contenait, reproduite d'après les registres du parlement, une lettre de Louis XIV en date du 11 avril 1655, portant la fameuse formule avec les mots « bon plaisir » (p. 611). Vérification faite, l'original, ou plutôt la copie transcrite dans le registre coté X ¹ᴬ 8390, aux Archives, ne contient que ces mots en abrégé : « *Car tel est nostre plaisir.* » (*Conseil secret*, fol. 88, v°.)

Un passage des *Mémoires* de Sully a pu faire croire que la formule de chancellerie contenant les mots « bon plaisir » était, au XVIᵉ siècle, d'un usage courant. On y lit en effet :

« Il (François Iᵉʳ) laissa en instruction et en pratique à ses successeurs, de ne requerir plus le consentement des peuples, pour obtenir des secours et des assistances d'eux, ains de les ordonner de pleine puissance et authorité royale, sans alleguer autre cause ny raison, que celles de tel est nostre bon plaisir. »

Un peu plus loin, il est question des « dominateurs » qui « croyent n'y avoir point d'autres loix ni d'autres reigles de droict que leurs seules absoluës volontez,... et qui sont en possession de n'alleguer autres causes ny raisons de leurs commandemens, sinon celles de tel est leur bon plaisir ».

(Éd. in-fol. de 1664, t. II, p. 580 et 586.)

Dans un article de la *Bibliothèque de l'École des Chartes* (1893, t. LIV, p. 86), M. Louis Demante a signalé de nombreux documents, dont l'un remonte à 1326, où l'expression de « bon plaisir », indépendante de toute formule, est employée dans le sens de plaisir, volonté, et non dans celui de caprice, fantaisie, qu'on a voulu lui attribuer. Quelques-uns de ces exemples, où il s'agit du bon plaisir royal, font comprendre pourquoi le gouvernement monarchique a pu être appelé « régime du bon plaisir ».

POURRIR.

« Il y a quelque chose de pourri dans l'empire de Danemark. »

Au Iᵉʳ acte de l'*Hamlet* de Shakespeare (scène IV), au

moment où Hamlet suit le fantôme de son père, l'officier Marcellus dit :

Something is rotten in the state of Denmark.

Nous donnons ici la traduction la plus généralement adoptée.

François Guizot interprétait ainsi, peut-être avec moins de justesse, le vers de Shakespeare :

« Il y a quelque chose de vicieux dans la situation du Danemark. »

(Édit. Ladvocat, 1821, t. I, p. 213.)

La tragédie d'*Hamlet* date d'environ 1600.

PROCUSTE.

Le lit de Procuste.

Au nombre des exploits que la légende prête à Thésée figure le châtiment de l'atroce brigand Damastes, surnommé Procuste, ou plus exactement Procruste (Προχρούστης, du verbe Προχρούω, qui signifie allonger en frappant).

Lorsqu'un étranger tombait entre ses mains, ce misérable le plaçait sur un lit, et, selon sa taille, coupait toutes les parties de son corps qui dépassaient, ou le tirait par les pieds jusqu'à l'allonger à la mesure du lit.

Thésée délivra l'Attique de ce monstre en lui faisant subir le même supplice.

(Plutarque, *Vie de Thésée*, chap. XI, 1. — Diodore de Sicile, livre IV, chap. LIX, 5.)

PYRAMIDE.

« Du haut de ces pyramides quarante siècles vous contemplent ! »

Le général Bonaparte, chef du pouvoir exécutif,

après son audacieux coup de main sur l'île de Malte,
débarqua à quelques kilomètres d'Alexandrie, le 13 mes-
sidor an VI (1er juillet 1798), à la tête de l'ancienne
armée d'Italie. Bientôt maître de la ville, il se dirigea
vers le Caire (6 juillet) avec une trentaine de mille
hommes, accompagné des généraux Berthier, Desaix,
Reynier, Caffarelli, etc. Après une marche des plus
pénibles au travers des sables brûlants du désert, l'armée
française avait remporté un premier succès sur les Mamelouks de Mourad-Bey, à Chébreiss (13 juillet). On
prit un jour de repos à Om-Dinar (20 juillet), et
le lendemain, 3 thermidor, on se remit en marche, en
suivant le Nil, dans la direction du village d'Embabeh, où le jour même devait se livrer un combat
décisif : la bataille des Pyramides.

Vers deux heures après midi, un spectacle admirable
s'offrait aux regards de l'armée : à gauche, sur l'autre
rive du fleuve, se profilaient les hauts minarets du
Caire ; à droite, à quelques lieues, apparaissaient les
pyramides de Gizeh, qu'on apercevait depuis la veille.
Devant les retranchements d'Embabeh on voyait étin-
celer au soleil les riches uniformes des Mamelouks.

C'est à ce moment, selon quelques historiens, que
Bonaparte aurait adressé à ses troupes sa fameuse
allocution. Selon d'autres, notamment MM. Thiers et
Thibaudeau (1827), il l'aurait prononcée à la pointe du
jour. Quant à ses paroles elles-mêmes, les auteurs qui les
ont rapportées nous en fournissent d'assez nombreuses
variantes, dont l'énumération serait fastidieuse.

Nous n'en citerons que quelques-unes qui nous
paraissent intéressantes soit par leur provenance, soit
par la date de leur apparition.

On lit dans une *Histoire de l'expédition française en
Égypte,* par P. Martin (1815, t. I, p. 199) :

« A quatre heures du soir, l'armée, quoique en marche depuis la pointe du jour, n'avait encore pris ni repos ni nourriture...

» Les dispositions de bataille furent aussitôt ordonnées et exécutées...

» Il (Bonaparte) passa à la hâte l'armée en revue, et par une de ces harangues courtes et énergiques, qui l'ont toujours caractérisé sur le champ de bataille, il porta au dernier degré l'enthousiasme des soldats.

« Français, leur dit-il en montrant les pyramides, » songez que du haut de ces monuments quarante » siècles ont les yeux fixés sur vous. »

Dans les *Mémoires de Napoléon*, publiés quelques années plus tard, en 1823, le général Gourgaud écrivait :

« Ce fut au commencement de cette bataille que Napoléon adressa aux soldats ces paroles si célèbres : Du haut de ces Pyramides quarante siècles vous contemplent ! »

(*Mémoires pour servir à l'histoire de France sous Napoléon*, écrits à Sainte-Hélène par les généraux qui ont partagé sa captivité, et publiés sur les manuscrits corrigés de la main de Napoléon, t. II, p. 239.)

Enfin Napoléon, dans d'autres *Mémoires* qu'il dicta à Sainte-Hélène au général Bertrand (*Guerre d'Orient*, t. I, p. 160), donnait cette version encore plus concise :

« Au moment de la bataille, Napoléon avait dit à ses troupes, en leur montrant les Pyramides : « Soldats, » quarante siècles vous regardent. »

Il est bon de noter que le général Bertrand (le Grand-Maréchal) était le seul des officiers entourant alors l'empereur qui eût fait avec lui la campagne d'Égypte.

Les légères nuances qui distinguent ces différents textes méritent à peine d'être relevées, mais ce qui nous a vivement étonné, c'est de ne trouver aucune trace du mot de Napoléon dans les récits contemporains.

Il n'en est pas dit un mot, ni dans la dépêche de Bonaparte adressée au Directoire exécutif, et publiée dans *le Moniteur* du 20 octobre 1798, ni dans la lettre écrite d'Égypte par le général Berthier, insérée deux jours après au même journal.

Dans sa *Relation des campagnes du général Bonaparte en Égypte et en Syrie*, qui date de l'an VII, le même général Berthier omet complètement l'épisode en question. Il dit seulement (p. 24) :

« Bonaparte fait faire halte. Un spectacle aussi imposant n'avait point encore frappé les regards des Français. La cavalerie des Mameloûks était couverte d'armes étincelantes. On voyait en arrière de sa gauche ces fameuses pyramides dont la masse indestructible a survécu à tant d'empires et brave depuis trente siècles les injures du temps. »

Nous avons également exploré, sans plus de succès, une *Relation* de Ch. Norry, architecte attaché à l'expédition ; une brochure intitulée *Bonaparte au Caire*, par un des savants embarqués sur la flotte française (M. de Laus de Boissy), ouvrages datés de 1799 ; les *Mémoires* de Jacques Miot, commissaire des guerres à l'armée d'Égypte (1804), et divers autres documents, *imprimés* vers la même époque.

Voici pourtant quelques lignes empruntées à une *Histoire de Bonaparte, premier consul*, ouvrage anonyme publié en 1803, où le mot se trouve cité, mais non pas comme ayant fait partie d'une harangue à l'armée.

L'auteur, racontant la visite que Bonaparte fit aux pyramides le 25 thermidor, d'après le *Moniteur* du 27 novembre 1798, ajoute en note :

« C'est en apercevant ces masses indestructibles, qui fatiguent le temps, que Bonaparte fit cette réflexion qu'inspire le recueillement d'une âme grande et élevée qui se regarde dans la postérité : *Du haut de ces pyramides quarante siècles nous contemplent.* »

De cette enquête, que d'autres documents pourront venir compléter, nous croyons pouvoir tirer les conclusions suivantes :

Les paroles que l'on prête à Napoléon ont pour origine un propos qu'il a réellement tenu, peut-être dans une conversation, mais qui ne paraît pas avoir eu sur le moment même tout le retentissement auquel nous font croire les récits des historiens.

RACINE.

Ce polisson de Racine !

Dans une comédie intitulée *les Brioches à la mode*, représentée aux Variétés le 8 juin 1830, MM. Dumersan et Brazier faisaient chanter les couplets que voici :

Que tout soit renversé !
Que tout soit remplacé !
A bas le temps passé !
Racine est enfoncé !

A bas *Iphigénie* !
A bas *Britannicus* !
A bas *Phèdre*, *Athalie* !
Car on n'en fera plus !

Maître Boileau rabâche,
Corneille est un barbon,
Voltaire une ganache,
Racine un polisson !

(2ᵉ tableau, scène IV.)

Cette pièce était une satire assez spirituelle contre

la jeune et bruyante école romantique, qui affichait le
plus profond mépris pour les classiques, et dont les
chefs livraient alors leurs grands combats.

Le docteur Véron, dans ses *Mémoires d'un bourgeois
de Paris* (t. I, 1853, p. 14), désigne un nommé Gentil,
directeur du *Mercure* et employé à l'Opéra pendant sa
direction, comme l'auteur de ce jugement célèbre :
« Racine est un polisson. »

Ce n'était d'ailleurs pas la première fois que cette
épithète était appliquée à notre grand tragique. Une
note du *Cours de littérature* de La Harpe nous apprend
que Marmontel se serait rendu coupable d'un semblable
blasphème.

« Il passe pour certain, dit-il, qu'il arracha un jour
les *Œuvres* de Racine des mains de Mme Denis, en lui
disant : *Quoi ! vous lisez ce polisson-là !* Je puis au
moins attester qu'elle-même racontait le fait. »

(Éd. Didier, 1834, t. II, p. 480.)

**

Racine passera comme le café.

On a bien souvent prêté ce propos à madame de
Sévigné. Bien qu'elle ait parfois jugé sévèrement
Racine, qu'elle mettait bien au-dessous de Corneille, et
le café, qu'elle considérait comme échauffant, on ne
trouve pourtant dans ses lettres aucun rapprochement
de ce genre.

Le 16 mars 1672, à propos de *Bajazet*, dont elle
trouvait quelques endroits « froids et faibles », elle
écrivait à sa fille :

« Racine fait des comédies pour la Champmêlé : ce
n'est pas pour les siècles à venir. »

Et dans sa lettre du 10 mai 1676, elle lui disait :

« Vous voilà donc bien revenue du café : Mlle de Méri l'a aussi chassé de chez elle assez honteusement : après de telles disgrâces, peut-on compter sur la fortune ? »

Voltaire, se souvenant de ces deux prophéties également malheureuses, les a ainsi juxtaposées dans le *Siècle de Louis XIV*, au chapitre des Beaux-Arts (1751) :

« Madame de Sévigné, la première personne de son siècle pour le style épistolaire..., croit toujours que « Racine n'ira pas loin ». Elle en jugeait comme du café, dont elle dit « qu'on se désabusera bientôt.»

Sur la fin de sa vie, dans la lettre qui sert de préface à la tragédie d'*Irène*, publiée en 1778, il dit encore :

« Si nous avons été indignés contre Mme de Sévigné, qui écrivait si bien et qui jugeait si mal ; si nous sommes révoltés de cet esprit misérable de parti, de cette aveugle prévention qui lui fait dire que « la mode » d'aimer Racine passera comme la mode du café, » jugez, madame, combien nous devons être affligés qu'une personne aussi instruite que vous ne rende pas justice à l'extrême mérite d'un si grand homme. »

Enfin La Harpe, peu consciencieux dans ses citations, acheva de propager cette légende. Dans son *Cours de littérature*, commencé en 1786, essayant d'analyser la cause de nos préventions, il disait :

« De là celles de Madame de Sévigné envers Racine, dont elle a dit qu'il *passera comme le café.* »

(Siècle de Louis XIV, chap. IV, section III.)

Tout ce que nous venons de dire n'est point nouveau : nous n'avons fait que résumer, avec le plus de précision possible, ce qui a été publié sur ce sujet, d'un intérêt d'ailleurs très médiocre.

RAISON.

« **Quand tout le monde a tort, tout le monde a raison.** »

Dans *la Gouvernante*, comédie en cinq actes de Nivelle de La Chaussée (Comédie Française, 18 janvier 1747), M. de Sainville essaye de raisonner son fils qui s'insurge contre les travers du jour et dénigre ce qu'on appelait alors « la bonne compagnie ». Il prétend, par ce pitoyable argument, convaincre le jeune philosophe. (Acte Ier, scène III.)

La Rochefoucauld avait dit (maxime 231 dans l'édition de 1678) : « C'est une grande folie de vouloir être sage tout seul. »

RARE.

« Oiseau rare. »

Souvenir de l'expression « rara avis », dont nous citerons quelques exemples chez les auteurs latins. On la trouve d'abord employée au propre par Horace (2º épître du livre II, vers 26) :

« J'aurai grand'peine, disait le poète, à obtenir que vous préfériez à ce paon qui orne votre table un poulet succulent : la vanité vous séduit. C'est parce que l'oiseau rare se vend au poids de l'or, n'est-ce pas ? et que les peintures de sa queue étalent un beau spectacle, comme si cela faisait quelque chose à l'affaire. »

.........quia veneat auro
Rara avis, et picta pandat spectacula cauda.

(Trad. de l'éd. Nisard.)

Perse reprenait la même expression au figuré (satire I, vers 46) :

Non ego, quum scribo, si forte quid aptius exit,
Quando hæc rara avis est, si quid tamen aptius exit.
Laudare metuam.

« Moi-même, si, en écrivant, il m'échappe quelque trait heureux, quoique ce soit là un oiseau rare, si cependant il m'échappe un trait heureux, je ne craindrai point les compliments. »

Juvénal a dit à son tour (satire VI, vers 165), pour achever de dépeindre une femme accomplie :

Rara avis in terris nigroque simillima cycno.

On ne pouvait alors prévoir que ce fameux cygne noir, réputé introuvable, serait un jour découvert dans l'Australie occidentale par le navigateur hollandais Willem de Vlaming (le 6 janvier 1697).

On emploierait plutôt aujourd'hui l'expression de merle blanc, autre rareté dont Pausanias signalait l'existence au mont Cyllène, en Arcadie (liv. VIII, ch. 17, 3), et dont un curieux échantillon, au dire de Buffon, fut envoyé de Rome au naturaliste italien Aldrovandi (1522-1607).

REINE.

Ne touchez pas à la reine !

Allusion à une ancienne règle de l'étiquette, qui, paraît-il, fut longtemps en vigueur à la cour d'Espagne, et existait encore au temps de Philippe V (1683-1746).

Ce n'est pourtant pas, comme on pourrait le croire, la traduction d'un proverbe espagnol, mais un dicton exclusivement français qui a pour origine l'anecdote suivante rapportée par la comtesse d'Aulnoy.

Cela se passait dans la cour du château de Madrid, quelque temps après le mariage du roi Charles II avec Marie-Louise d'Orléans, nièce de Louis XIV (1679). Cette princesse, ayant eu la fantaisie de monter un cheval d'Andalousie un peu fringant, tomba si malheureusement que, son pied restant engagé dans l'étrier, elle fut traînée par sa monture, et cela sous les yeux du roi qui, d'un balcon où il était placé, ne pouvait venir à son secours.

« La cour, dit Mme d'Aulnoy, étoit toute remplie de personnes de qualité et de gardes : mais l'on n'osoit se hasarder d'aller secourir la reine, parce qu'il n'est point permis à un homme de la toucher, et principalement au pied... »

Deux cavaliers espagnols, sans calculer les graves conséquences de leur témérité, s'élancèrent vers la reine, et furent assez heureux pour la dégager et lui sauver la vie. Après quoi ils se hâtèrent de prendre la fuite pour échapper à la colère du roi. Mais Charles II fut si heureux de voir la reine saine et sauve, que celle-ci n'eut pas de peine à obtenir leur grâce. Elle leur fit même un présent et, depuis lors, leur témoigna une considération particulière.

(*Mémoires de la cour d'Espagne*, de 1679 à 1681 ; Paris, 1690, 2e partie, p. 38 et suiv.)

Cette aventure a fourni la donnée d'un roman de Michel Masson, publié en 1837, et d'un opéra-comique de Scribe et Gustave Vaëz (musique de Xavier Boisselot), représenté le 16 janvier 1847. Ces deux ouvrages qui portent pour titre : *Ne touchez pas à la reine!* ont pu suffire à faire de cette formule une sorte de proverbe.

REMÈDE.

Aux grands maux les grands remèdes.

Ce dicton paraît être la traduction populaire de l'aphorisme ainsi formulé par Hippocrate (Ve siècle av. J.-C.) :

ἐς δὲ τὰ ἔσχατα νοσήματα αἱ ἔσχαται θεραπεῖαι ἐς ἀκριβείην, κράτισται.

« Dans les extrêmes maladies, les traitements extrêmes, appliqués avec soin, sont les plus efficaces. »

(Première section, aph. 6.)

On retrouve à peu près la même idée dans l'aphorisme 87 de la septième section :

« Ce que les médicaments ne guérissent pas, le fer le guérit ; ce que le fer ne guérit pas, le feu le guérit ; ce que le feu ne guérit pas doit être regardé comme incurable. » (Trad. Littré, 1844.)

Rappelons que le premier aphorisme débute par ces mots :

« La vie est courte, l'art est long. »

connus surtout sous leur forme latine :

« Vita brevis, ars longa. »

Dans la deuxième section (aph. 22) se trouve une formule qui est une des bases de la médecine classique:

« Les maladies qui proviennent de plénitude sont guéries par évacuation, celles qui proviennent de vacuité, par réplétion, et, en général, *les contraires par les contraires.* »

Au principe : « *Contraria contrariis curentur* », on sait que le docteur saxon Samuel Hahnemann (1755-1843) opposa celui-ci : « *Similia similibus curentur* », qui sert de point de départ à la méthode homéopathique. Il a exposé sa doctrine, qu'il avait pratiquée publiquement dès 1794, dans un ouvrage intitulé : *Organon der rationellen Heilkunde* (*Organon de la thérapeutique rationelle*), publié à Dresde en 1810. [Voy. notamment, pour ce qui concerne les deux formules citées plus haut, l'introduction de la 5° édition (Dresde, 1833), p. 61-62 et 76, et celle de la 2° éd. (1819), p. 57 de la traduction française de Brunnow, publiée en 1832.]

RENVERSER.

Le monde renversé.

L'idée d'un « monde renversé », c'est-à-dire d'un lieu chimérique où tout se passe à l'envers de ce que l'on a coutume de voir, remonte à l'antiquité. On la rencontre déjà dans les œuvres d'Hérodote. Au livre V de son *Histoire* (§ xcii), le Corinthien Sosiclès harangue ainsi les Spartiates :

« Assurément le ciel va se placer sous la terre, et la terre s'élever au-dessus du ciel, les hommes habiteront au fond de la mer, et les poissons prendront la place des hommes, puisque, bannissant toute justice, vous vous préparez à rétablir la tyrannie dans la cité. »

L'exemple suivant est emprunté à la première églogue de Virgile (v. 60-64) :

Ante leves ergo pascentur in æthere cervi,
Et freta destituent nudos in litore pisces ;
Ante, pererratis amborum finibus, exsul
Aut Ararim Parthus bibet, aut Germania Tigrim,
Quam nostro illius labatur pectore vultus.

(On verra les cerfs légers paître dans les airs ; les flots laisseront les poissons à sec sur les rives ; on verra, leurs frontières étant confondues, le Parthe exilé boire les eaux de l'Arar (la Saône), ou le Germain les eaux du Tigre (fleuve d'Asie), avant que son visage s'efface de mon cœur.)

Molière s'inspirait peut-être de ces deux passages, quand il faisait dire à l'insupportable bavard Métaphraste, dans *le Dépit amoureux*, à la fin du IIe acte (vers 765-775) :

Oh ! que les grands parleurs sont par moi détestés !
Mais quoi ? si les savants ne sont point écoutés,
Si l'on veut que toujours ils aient la bouche close,

Il faut donc renverser l'ordre de chaque chose :
Que les poules dans peu dévorent les renards,
Que les jeunes enfants remontrent aux vieillards,
Qu'à poursuivre les loups les agnelets s'ébattent,
Qu'un fou fasse les lois, que les femmes combattent,
Que par les criminels les juges soient jugés,
Et par les écoliers les maîtres fustigés,
Que le malade au sain présente le remède...

Et Boileau écrivait, dans sa 1re satire, vers 125-128 :

Avant qu'un tel dessein m'entre dans la pensée,
On pourra voir la Seine à la Saint-Jean glacée,
Arnauld à Charenton devenir Huguenot,
Saint-Sorlin janséniste, et Saint-Pavin bigot.

Toutes choses, selon lui, d'une égale invraisemblance.

Plusieurs pièces de théâtre ont eu pour titre : *le Monde renversé.*

La plus connue est celle de Le Sage et d'Orneval, qui fut jouée à la foire Saint-Laurent en 1718, puis remaniée par Anseaume pour l'Opéra-Comique (2 avril 1753), et longtemps après, par Rozet, en 1810. La pièce originale, comédie satirique et à tiroirs écrite « sur le plan de M. de La Font », a été imprimée en 1721, dans le tome III du *Théâtre de la Foire.*

On y voyait Pierrot et Arlequin transportés dans un pays enchanté où les jeunes filles se désolent de ne pouvoir trouver des maris assez pauvres ; où toutes les femmes sont honnêtes et les maris fidèles ; où les philosophes sont follement gais et les procureurs intègres : c'était bien là véritablement un monde renversé !

D'après les frères Parfaict (*Histoire de l'ancien théâtre italien,* 1753, p. 373), un autre *Monde renversé (Il Mondo a la roversa)* fut traduit par Dominique sous le titre de : *Arlequin gentilhomme par hasard,* joué en 1669 et imprimé en 1711.

Enfin, Goldoni fit représenter à Venise en 1750 : *Il Mondo alla roversa,* ou *Sia le donne che comandano (Que ce soient les femmes qui commandent),* comédie en trois actes, imprimée dans le tome XLI de son théâtre (Venise, 1788).

RÊVE.

Qu'est-ce qu'une grande vie ?
Un rêve de jeunesse réalisé dans l'âge mûr.

Quelques jours après la mort d'Alfred de Vigny (17 septembre 1863), son ami Louis Ratisbonne lui consacrait, dans *le Journal des Débats,* un article qu'il terminait ainsi :

« Il en est une de ces pensées de toi, ô mon cher maître, que je veux recueillir au moment où je me penche sur ta mémoire. Elle est poétique, recherchée dans son tour, mais exquise : je l'aime, parce qu'elle te ressemble. « Qu'est-ce qu'une grande vie ? dit-il » quelque part, c'est un rêve de jeunesse réalisé dans » l'âge mûr... » Ces beaux rêves de jeunesse, tu les as faits, ô mon cher maître ; ton âge mûr incorruptible les a réalisés... ».

(*Débats* du 4 octobre 1863.)

REVENIR.

Revenons à nos moutons.

(Supplément.)

Quitard, dans son *Dictionnaire étymologique des proverbes* (1842), a très ingénieusement rapproché le mot du drapier, dans *la Farce de Pathelin,* de cette épi-

gramme de Martial (la 19ᵉ du livre VI), satire contre les
digressions des avocats :

Contre l'avocat Posthumus.

« Il ne s'agit ni de violence, ni de meurtre, ni de
poison, mais simplement du vol de mes trois chèvres.
Je dénonce le voisin comme l'auteur de ce vol. Le juge
demande des preuves, et toi tu parles de la bataille de
Cannes, de la guerre de Mithridate, des perfidies et
des fureurs puniques. Tu cites les Sylla, les Marius,
les Mucius, avec un luxe désordonné de paroles et de
gestes. Parle donc enfin, Posthumus, de mes trois
chèvres ! (*Jam dic, Posthume, de tribus capellis.*) »

(Trad. de l'édit. Nisard.)

RIEN.

Il n'y a plus rien.

(Supplément.)

Nous avons cité ce mot comme ayant été dit pour la
première fois par Alphonse Karr, dans *les Guêpes* de
1840, puis repris et complété par Nestor Roqueplan,
dans les *Nouvelles à la main*.

Il nous paraît maintenant fort douteux qu'Alphonse
Karr ait été bien fondé à en réclamer la paternité. En
effet, dès le 9 février 1832, dans un article du *Figaro*
intitulé *le Bousingot* (voy. ce mot), et dont Léon Gozlan
passe pour être l'auteur, nous trouvons ce curieux
passage :

« Le bousingot, ou le chapeau ciré, existe ordinairement de dix-huit à vingt-trois ans...

» Voici son système politique :

» CHARTE RÉPUBLICAINE

» Article unique

» Il n'y a plus rien.

» La présente charte doit être jurée par le dictateur, jurée par l'armée et par le peuple ; les ambassadeurs sont chargés de la faire respecter à l'étranger.

» Et cet article unique : *il n'y a plus rien*, coupe court à toutes les discussions de forme gouvernementale... »

L'article, tout entier consacré à paraphraser la même idée, se termine par ces mots :

« Vive, vive à jamais *plus rien* et son auguste famille. »

Rappelons qu'à cette époque Karr et Roqueplan appartenaient tous deux à la rédaction du *Figaro*.

ROI.

Le roi, l'âne, ou moi, nous mourrons.

La Fontaine. *Le Charlatan*, livre VI, fable XIX.

Un charlatan prétendait rendre un âne disert. Le roi le fit mander et voulut mettre son talent à l'épreuve. L'homme s'engagea à faire du baudet un orateur au bout de dix ans, sous peine d'être pendu. Comme un des courtisans le plaisantait,

> L'autre reprit : Avant l'affaire,
> Le roi, l'âne, ou moi, nous mourrons.

Moralité :

> . . . . C'est folie
> De compter sur dix ans de vie.

La Fontaine a emprunté le sujet de cette fable à Abstemius (XVI° siècle).

Pour grands que soient les rois, ils sont ce que
[nous sommes :
Ils peuvent se tromper comme les autres hommes.

P. Corneille. *Le Cid* (1636) ; acte Ier, scène III, vers 157-158. Le comte à don Diègue.

RONFLER.

La consigne est de ronfler.

Titre d'une comédie en un acte d'Eugène Grangé et Lambert Thiboust, jouée au Palais-Royal le 1er février 1866.

Un jeune officier un peu farceur, voulant s'absenter nuitamment du domicile conjugal sans éveiller les soupçons, imagine le truc suivant : il fait coucher son ordonnance dans son propre lit, en lui recommandant de ronfler bruyamment dans le cas où quelqu'un entrerait dans sa chambre en son absence. Survient bientôt sa jeune femme, qui n'est pas longtemps dupe de la supercherie et en tire une cruelle vengeance. Au retour de l'officier, elle lui laisse entendre qu'elle a cru passer une partie de la nuit avec lui et ne s'est pas aperçue de la substitution. On voit d'ici la terreur du mari, qui n'a d'égale que sa stupéfaction.,

Enfin tout s'explique. L'infidèle se repent de son escapade, obtient son pardon, et la paix renaît dans le ménage.

Cette petite pièce était fort gaie, et son titre, qui resta longtemps sur l'affiche, a fourni au langage familier une formule fréquemment employée, facile à modifier selon les circonstances.

SAGESSE.

La crainte du Seigneur est le commencement de la sagesse.

Sentence qui se trouve répétée dans plusieurs versets de la Bible, savoir :

Les *Psaumes*, chap. CX, v. 10 ; et l'*Ecclésiastique* (de Jésus, fils de Sirach), chap. I, v. 16 :

« Initium sapientiæ timor Domini. »

Les *Proverbes* de Salomon, ch. I, v. 7, et chap. IX,
v. 10 :

« Timor Domini, principium sapientiæ. »

« Je ne conçois pas, dit Chamfort dans ses *Maximes
et pensées*, de sagesse sans défiance. L'Écriture a dit
que le commencement de la sagesse était la crainte de
Dieu ; moi, je crois que c'est la crainte des hommes. »

SALUER.

« Nous nous saluons, mais nous ne nous parlons pas. »

(Supplément.)

Tallemant des Réaux, dans ses *Historiettes*, attribue
cette repartie à M. de Bautru, conseiller au grand
conseil (1588-1665), connu pour ses bons mots et pour
son peu de religion :

« Comme il passoit un enterrement où on portoit un
crucifix, il ôta son chapeau : « Ah ! lui dit-on, voilà qui
» est de bon exemple. — Nous nous saluons, répondit-il,
» mais nous ne nous parlons pas. »

(Éd. Monmerqué, 1840, t. III, p. 104.)

Jean Bouhier, président au parlement de Dijon
(1673-1746), a rapporté cette anecdote dans des termes
à peu près semblables. (Manuscrit de la bibl. nat.,
Fr. 25645, p. 145.)

SANG.

L'impôt du sang.

Le mot fut prononcé, pour la première fois, parait-il,
à la tribune de la Chambre, le 28 mai 1824, par le
général Foy, ancien capitaine de l'Empire (1775-1825).

Prenant la parole contre la nouvelle loi tendant à
augmenter le contingent, il commençait ainsi son discours :

« Messieurs, il est un impôt qui ne prend pas au contribuable une partie de son revenu ou tout son revenu, une partie de son capital ou tout son capital, mais qui lui enlève la liberté et même la vie, cet impôt terrible, inexorable, cet *impôt du sang*, est cependant le plus indispensable des impôts, il est l'existence *sine qua non* des sociétés politiques. »

(*Moniteur* du 30 mai, p. 685.)

Dans un article inséré au *Moniteur* du 18 décembre 1867, M. le général Ambert faisait observer, à propos de l'expression mise en honneur par le général Foy, qu'il ne faut pas confondre *impôt* avec *charge*, que jamais autrefois on n'aurait assimilé le recrutement à un impôt, que le mot *contribution* peut à peine être employé dans ce cas, et il cite cette réponse de l'archevêque de Sens à Richelieu, demandant six millions au clergé :

« L'usage ancien était que le peuple contribuât par ses biens, — la noblesse par son sang, — le clergé par ses prières. »

« Les pieds lui ont glissé dans le sang. »

On sait qu'à la suite de l'assassinat du duc de Berry, fils du comte d'Artois (13 février 1820), M. Decazes, le favori de Louis XVIII, que les ultra-royalistes essayèrent de rendre responsable de ce crime, dut renoncer à ses fonctions de ministre de l'intérieur et de président du conseil.

Quelques jours après, M. de Chateaubriand écrivait

dans *le Conservateur*, son organe habituel, un article
daté du 3 mars, où l'on remarqua particulièrement ce.
passage :

« Ceux qui luttoient encore contre la haine publique,
n'ont pu résister à la publique douleur. Nos larmes,
nos gémissements, nos sanglots ont étonné un impru-
dent ministre : les pieds lui ont glissé dans le sang ;
il est tombé. »

(Tome VI, 1820, p. 476.)

Et voici comment Chateaubriand a expliqué ces
paroles dans ses *Mémoires d'outre-tombe* :

« La mort de M. le duc de Berry accrut les inimitiés
de part et d'autre et amena la chute du favori. J'ai dit
que *les pieds lui glissèrent dans le sang*, ce qui ne
signifie pas, à Dieu ne plaise ! qu'il fut coupable du
meurtre, mais qu'il tomba dans la mare rougie qui se
forma sous le couteau de Louvel. »

(Édit. Garnier, 1895, t, IV, p. 134.)

SAPEUR.

Rien n'est sacré pour un sapeur.

Titre et refrain d'une chanson qui fut un des premiers
et des plus grands succès de Thérésa à l'Alcazar, en
1864. (Paroles de Houssot, peintre et poète ; musique
de Villebichot.)

On se souvient encore de la verve endiablée avec
laquelle l'intelligente artiste enlevait ces couplets
qui ne valaient guère que par ce qu'elle y mettait de
gaieté communicative et de fantaisie, celui-ci, par
exemple :

Tout à l'heur' je r'çois la visite
De celui que j'dis mon cousin.
Et comm' de juste je l'invite
A prendr' quéqu'chose, un verr' de vin ;
Mêm' que c'était du Chambertin (*bis*).
Il m'dit : ça se trouve à merveille,
Je vous obtempér' cette faveur,
Et puis il lich' tout' la bouteille,)
Rien n'est sacré pour un sapeur !) *(bis)*

Ce n'était assurément pas de la poésie de haute
volée, mais on n'était pas encore tombé, à cette époque,
au niveau de platitude et de basse pornographie où
se traînent actuellement les compositions de ce
genre.

Il est intéressant de lire, dans les *Mémoires de
Thérésa*, « écrits par elle-même » (?), toutes les vicis-
situdes qui marquèrent ses débuts, et les difficultés
qu'elle rencontra avant de parvenir enfin au rang
d'*étoile*.

Remarquons en passant que Houssot, mort il y a peu
d'années, a vu, soit par hasard, soit grâce à un flair particulier, sa fortune associée, d'abord aux succès de
Thérésa, et, longtemps après, au sort non moins pros-
père de la chanteuse Yvette Guilbert.

SÉNATEUR.

« **Non, non. c'est trop d'honneur,
Monsieur le sénateur !** »

Le Philtre, opéra en deux actes de Scribe, musique
d'Auber, représenté à l'Académie royale de musique
le 15 juin 1831 ; acte II, scène 1re :

Le sénateur, la gondolière !
Barcarolle à deux voix et chanson étrangère !

s'écrie Fontanarose, qui, assistant au repas de noces de

la jeune fermière Térézine, l'invite à chanter avec lui.

Le sénateur offre son cœur à la belle gondolière. Celle-ci, décidée à ne rien écouter, répond :

> Non, non, c'est trop d'honneur,
> Monsieur le sénateur !

Refrain qui rappelle d'assez près celui d'une chanson de Béranger, *le Sénateur*, datée de 1813 :

> Quel honneur !
> Quel bonheur !
> Ah ! monsieur le sénateur,
> Je suis votre humble serviteur.

SERPENT.

Ce fut le serpent qui creva.

(Supplément.)

Voltaire s'inspirait encore plus directement, dans le quatrain que nous avons cité, d'un distique grec du poète Lucillius (Ier siècle de J.-C.), reproduit dans l'*Epigrammatum anthologia palatina* de F. Didot (t. II, 1872, p. 325 ; chap. XI, n° 237), et que l'on peut traduire ainsi :

> « Une méchante vipère mordit un jour un Cappadocien : mais ce fut elle qui mourut, après avoir goûté ce sang venimeux. »

C'était une allusion à la réputation de méchanceté que s'étaient acquise les Cappadociens, comme le dit Constantin Porphyrogénète (IX° siècle), dans son traité *De Thematibus* (liv. Ier ; édit. Niebuhr, t. III, p. 21, 10), où le distique grec se trouve cité.

L'*Epigrammatum delectus*, publié en 1659 (par Lancelot, d'après Barbier), en a donné cette traduction en vers latins (p. 331) :

> Vipera Cappadocem male sana momordit : at ipsa
> Gustato periit sanguine Cappadocis.

En 1720, Bruzen de La Martinière en fit cette imitation, que Voltaire a évidemment prise pour modèle :

> Un gros serpent mordit Aurele,
> Que croyez-vous qu'il arriva ?
> Qu'Aurele en mourut : Bagatelle,
> Ce fut le serpent qui creva.

(*Nouveau recueil des Épigrammatistes ; t. II,
p. 63.*)

Enfin Goldsmith, après Voltaire, a imité la même
épigramme dans une chanson qui fait partie du chap.
XVII du *Ministre de Vakefield* (1766).

Le grand serpent de mer.

(Supplément.)

D'après un fort intéressant article du savant
M. Labbé, dans *le Tour du monde* du 12 juin 1897,
qui analyse et résume l'ouvrage de M. Oudemans, le
« serpent de mer », dont l'existence ne saurait être
mise en doute, ne serait qu'un phoque de très grande
taille et d'espèce encore inconnue, au cou allongé, à la
tête petite, à la queue effilée, armé de quatre membres en forme de rames, de mœurs paisibles et crain-
tives. Le nom qui paraît devoir lui rester est celui de
Megophias megophias, que lui a donné M. Oudemans .

(*A travers le monde*, p. 185).

SIÈCLE.

Fin de siècle.

(Supplément.)

Nous sommes heureux d'avoir à constater que cette
irritante expression est aujourd'hui tombée, grâce à
l'abus qu'on en a fait, dans le plus complet discrédit.
Et cela, à l'époque même où le siècle s'achève.

Un mot à ce sujet : ·

Une polémique tout à fait invraisemblable a été sou-
levée, dans les derniers jours de 1899, sur la question
de savoir si l'année 1900 appartient au XIX⁰ ou au
XX⁰ siècle. Les journaux ont rempli leurs colonnes
pendant plusieurs jours d'articles et de correspon-
dances où tour à tour étaient soutenus le pour et le
contre. (Voy. notamment *le Matin* et *le Figaro*.) La
question est cependant d'une extrême simplicité, et l'on
a peine à croire qu'elle ait pu faire l'objet d'une discussion : un siècle étant, *par définition*, « un espace de temps
composé de cent années », ne peut être complet qu'une
fois la centième année révolue. Le XIX⁰ siècle ne peut
donc être complet, d'après la convention adoptée pour le
début de l'ère chrétienne, qu'à l'expiration de la centième année de ce siècle, c'est-à-dire une fois la 1900⁰
année révolue.

SIÈGE.

« Mon siège est fait. »

(Supplément.)

D'après des renseignements particuliers, dont la
source nous paraît sérieuse, voici quelle serait la véritable explication de la réponse de l'abbé de Vertot : il
aurait voulu se débarrasser d'importuns qui, sous pré-
texte de l'aider à compléter son récit, n'avaient d'autre
but que d'y voir leurs noms figurer. Il fit ainsi des
mécontents, qui ne manquèrent pas de donner à sa
réponse une interprétation malveillante.

SILENCE.

Le silence des peuples est la leçon des rois.

(Supplément.)

On sait qu'à la fin de son règne, Louis XV, autant

par les scandales de sa vie privée que par les malheurs publics dûs à son triste gouvernement, avait depuis longtemps cessé de mériter le surnom de *Bien-aimé*, que lui avait donné son peuple lors de sa maladie à Metz, au mois d'août 1744.

Ce serait Vadé, si l'on en croit Voltaire, qui le premier aurait prononcé le mot lorsque la nouvelle de la convalescence du roi se répandit à Paris, le 19 août. (Voy. ses *Mémoires* et sa lettre à Mme du Deffand, du 7 septembre 1774.) D'autres l'ont attribué à Pannard. Or, c'est seulement le 5 octobre suivant que, dans *les Fêtes sincères*, celui-ci faisait chanter par Frontin, à la scène dernière :

> Rassemblez-vous, peuple fidèle,
> Venez vous unir à ma voix :
> Si dans ce jour je vous appelle,
> C'est pour le plus charmant des Rois.
> Chantons tous, chantons avec zèle :
> Vive Louis le Bien-aimé ;
> Tous les cœurs l'ont ainsi nommé.

SNOB.

Snob.

Cette expression, d'origine exotique, s'est tellement acclimatée dans notre langage depuis quelques années, que nous n'hésitons pas à l'enregistrer ici.

On sait que c'est le célèbre romancier anglais, William Makepeace Thackeray (1811-1863), qui l'a, non pas créée, mais mise à la mode avec le sens spécial que les Anglais lui ont conservé.

Thackeray a consacré aux différentes catégories de personnes qu'il a désignées sous le nom générique de *Snobs*, une monographie qui parut d'abord dans le *Punch* en 1846 et 1847, et qu'il a publiée ensuite, en janvier 1848, dans un volume intitulé *the Book of Snobs*.

D'où venait ce mot et comment s'est-il rencontré sous la plume du spirituel humoriste ? Voici ce que nous ont appris à ce sujet quelques notices qui le concernent.

Entré au « Trinity college » de Cambridge, en février 1829, Thackeray fut un des collaborateurs du *Snob*, « journal littéraire et scientifique, NON dirigé par les membres de l'Université, » qui parut du 9 avril au 18 juin de la même année. On croit même que c'est lui qui donna son titre à cette petite feuille.

D'après M. Leslie Stephen, rédacteur de l'article que lui a consacré l'excellent *Dictionary of national biography* (t. XVI, p. 90 et suiv.), le mot « Snob » paraît avoir été appliqué alors aux bourgeois (townsmen), par opposition aux gens de robe (gownsmen). Il était surtout employé dans les universités.

La série que Thackeray commença dans le *Punch*, le 28 février 1846 (t. X, p. 101), avait pour titre : *les Snobs d'Angleterre, par l'un d'eux*. Elle était accompagnée de dessins humoristiques de l'auteur, rappelant souvent le genre de Cruikshank.

Elle comprend cinquante-trois chapitres, dont sept ont été supprimés dans l'édition anglaise, et se continue jusqu'en 1847 (t. XII, p. 85).

Dans un chapitre préliminaire, Thackeray s'annonce plaisamment comme l'historien prédestiné des snobs et du snobisme (snobbish).

« Au commencement, écrit-il, Dieu fit le monde, et avec lui les Snobs ; ils sont de toute éternité, sans être plus connus que l'Amérique avant sa découverte. Aujourd'hui seulement, *postquam ingens patuit Tellus*, la foule a fini par avoir un vague sentiment de l'existence de cette race ; mais il y a vingt-cinq ans à peine qu'un nom, monosyllabe bien expressif, fut mis en circulation pour la désigner ; ce nom parcourut ensuite l'Angleterre dans tous les sens... A l'heure marquée, le *Punch* a paru pour enregistrer leur histoire, et voici l'homme prédestiné à écrire cette histoire dans le *Punch.* » (Trad. Georges Guiffrey, 1871, p. ö.)

Thackeray semble avoir hésité, au début de son ouvrage, sur la signification qu'il entendait donner au mot *Snob*. Il commence par l'appliquer à un rustre, à un goujat, et, d'une manière générale, à l'homme qui foule aux pieds les règles de la civilité puérile et honnête. Or, le snob, tel qu'il nous le présente dans la suite de son étude, n'est plus en réalité que ce que nous appelons un sot, au sens le plus général du mot, un homme imbu de préjugés mesquins et de sentiments vulgaires. Il incarne aussi bien le mépris des supérieurs pour les inférieurs que la plate admiration des inférieurs pour leurs supérieurs : vanité hautaine en haut de l'échelle sociale, bassesse et servilité sur les derniers degrés, voilà ce qui caractérise le snob.

« L'état de notre société, dit-il (p. 21 de la traduction française), veut que le dernier manant soit aussi Snob dans sa bassesse que le noble lord est Snob dans son outrecuidance. »

Et plus loin (p. 199) :

« Lisez un peu la gazette des modes de cour, les romans aristocratiques ;... et vous verrez que le Snob pauvre n'est occupé qu'à contrefaire le Snob riche ; que le noble courtisan s'aplatit devant le Snob vaniteux, que le Snob des hautes régions se donne de grands airs vis-à-vis de son confrère d'un échelon inférieur. »

Thackeray a vu ce type pulluler dans toutes les classes de la société et lui a déclaré une guerre sans

merci. Il l'a découvert et démasqué sous la livrée des
laquais comme sous le manteau royal, sous l'uniforme
militaire comme sous les habits ecclésiastiques, l'a
observé dans les différents actes de la vie sociale : à
table, en voyage, aux courses, dans le mariage, en
amour, dans les salons, dans les clubs. Et en arrivant
au dernier chapitre, il s'aperçoit que la liste des snobs
est encore loin d'être épuisée, et cela parce qu'en réalité elle est inépuisable.

En passant sur le continent, le mot *snob* nous
paraît avoir légèrement changé de signification.

Pour nous Français, il s'applique peut-être plus spécialement à l'homme qui se rend esclave de la mode et de
toutes les conventions de la vie factice. C'est bien
aussi un sot, mais d'une espèce un peu particulière.
Celui qui se montre dans un lieu public, non pour
le plaisir qu'il y trouve, mais pour y être vu et pour
pouvoir dire qu'il y a été, est « snob ». Snob,
celui qui veut paraître appartenir à une classe supé-
rieure à la sienne ; qui ne fait que ce qu'il croit *chic* ;
qui affecte une opinion qu'il n'a pas, parce qu'elle est
de bon ton ; qui, en fait d'art, conforme son jugement
à celui de la majorité ; qui s'affuble de tel ou tel vêtement
pour imiter quelque grand personnage. N'est-ce pas
là bien exactement ce que nous entendons par snob ?
Ce n'est qu'une des variétés du snob des Anglais.

M. Émile Faguet, dans une intéressante étude qu'ont
donnée les *Annales politiques et littéraires* du 17 mai
1896 (p. 306), a déjà indiqué ce changement de sens,
mais il nous semble que, songeant surtout aux premiers chapitres de Thackeray, il en a beaucoup exa-
géré l'importance.

Nous mentionnerons, pour mémoire, une comédie de
M. Gustave Guiches, intitulée *Snob*, qui fut jouée le

5 avril 1897 au théâtre de la Renaissance. On a repro-
ché à l'auteur de n'avoir pas présenté dans cette pièce
des snobs assez nettement caractérisés.

SŒUR.

Et ta sœur !

(Supplément.)

M. Lucien Rigaud cite, dans son *Dictionnaire d'argot moderne* (Ollendorff, 1881), ce couplet d'une chanson assez grossière, peut-être antérieure à celle que
nous avons citée, et qui a pu l'inspirer :

> Et ta sœur est-elle heureuse ?
> A-t-elle z'évu beaucoup d'enfants,
> Fait-elle toujours la gueuse
> Pour la somme de trois francs ?

SOTTISE.

« Ai-je dit quelque sottise, qu'ils m'applaudissent ? »

Plutarque attribue ce trait à Phocion, général athénien (400 ? — 317 av. J.-C.), et voici en quels termes
il le rapporte (trad. Amyot) :

« Une autre fois il lui advint de dire une opinion
devant l'assemblée du peuple, laquelle fut universelle-
ment approuvée et receuë de tout le monde, et voyant
que toute l'assistance se trouvoit ainsi tost de son
advis, il retourna devers ses amis, en leur demandant :
« Hélas ! mes amis, ne m'est-il point eschappé de dire
» quelque mauvaise chose en n'y pensant pas. »

(Vie de Phocion, chap. XII.)

Phocion savait ce que vaut le jugement d'une foule,
et le cas qu'on doit en faire.

SOUPÇONNER.

« La femme de César ne doit même pas être soupçonnée. »

Plutarque, dans la *Vie* de Jules César (100-44 av. J.-C.), raconte le fait suivant :

Un jeune patricien nommé Clodius, amoureux de Pompéia, femme de César, s'était introduit dans sa maison sous un costume de femme, une nuit qu'on y célébrait des cérémonies mystérieuses dont les hommes étaient sévèrement exclus. Sa ruse ayant été découverte, il fut chassé de la maison, et, sur la demande d'un tribun du peuple, on l'accusa de sacrilège.

César répudia Pompéia, mais, appelé devant la justice, il refusa de porter témoignage contre Clodius. A l'accusateur qui lui demandait pourquoi il avait répudié sa femme, il répondit :

« Parce que je ne veux pas que ma femme soit seulement soupçonnée. »

(Chap. X; XI et XII dans la trad. d'Amyot.)

SOUTENIR.

« Soutiens-moi, Chatillon ! »

Dans *Polyeucte* (1640), Corneille a écrit ce vers médiocrement euphonique :

Soutiens-moi, Fabian ; ce coup de foudre est grand.

(Acte II, scène Ire, v. 407.)

Un siècle plus tard, Voltaire faisait dire à Lusignan, dans *Zaïre* (13 août 1732, acte II, scène III) :

Dieu, ranime mes sens trop faibles pour ma joie !
Madame... Nérestan... Soutiens-moi, Chatillon...

Ici se pose une question que nous soumettons aux

savants : pourquoi « Soutiens-moi, Fabian ! » semble-
t-il voué à la plus complète obscurité, tandis que « Soutiens-moi, Chatillon ! » a obtenu les honneurs de l'im-
mortalité ? C'est là un mystère que nous ne nous
chargeons pas d'éclaircir.

SOUVENIR.

« Ma foi, s'il m'en souvient, il ne m'en souvient guère. »

(Supplément.)

L'anecdote que nous avons rapportée, à propos de ce
vers de Thomas Corneille, pourrait bien devoir quelque chose à l'antiquité.

Pline le jeune (62-110 de J.-C.), dans une lettre
adressée à Romanus (la 15ᵉ du livre VI), raconte le
fait suivant :

Passiénus Paulus, auteur de vers élégiaques, avait
commencé la lecture d'un ouvrage débutant par ces
mots : *Prisce, jubes ?* L'un des auditeurs, qui s'appelait
Javolénus Priscus, un peu simple d'esprit, s'empresse
de répondre : *Ego vero non jubeo...*

Grande fut la joie de l'assistance, et la lecture de
Paulus tomba à plat. Et Pline en conclut qu'avant
d'entreprendre une lecture, il est prudent de choisir
avec soin son auditoire.

SUBLIME.

« Du sublime au ridicule il n'y a qu'un pas. »

On lit dans les *Mémoires* de madame de Rémusat
(1880, t. III, p. 56) :

« Bonaparte a dit souvent qu'il n'y avait qu'un pas
du sublime au ridicule : cela est vrai dans les actions et
dans les paroles, quand on néglige l'art véritable. »

Napoléon dut se faire un jour à lui-même l'application de cet aphorisme, dans des circonstances particulièrement cruelles.

Dans son *Histoire de l'ambassade dans le Grand duché de Varsovie*, publiée en 1815, l'abbé de Pradt rapporte un entretien avec l'empereur, lors de son passage à Varsovie, après le désastre de la Bérésina, le 10 décembre 1812.

Au cours de cette conversation, il l'entendit répéter trois ou quatre fois sa phrase favorite (p. 215).

L'idée ainsi formulée par Napoléon n'était d'ailleurs pas nouvelle. Pour n'en donner qu'un exemple, Marmontel, citant, dans ses *Éléments de littérature* (1787, t. V, p. 188), quelques vers de *Pyrame et Thisbé*, tragédie de Théophile, ajoutait :

« Voilà ce qui s'appelle de l'*ampoulé* : l'exagération en est risible, à force d'être extravagante. En général, le ridicule touche au sublime... »

L'ouvrage de M. de Pradt dont nous venons de parler, qui n'est guère qu'une longue diatribe contre Napoléon, contient encore ce passage souvent cité :

« Son génie, fait à la fois pour la scène du monde et pour les tréteaux, représentait un manteau royal, joint à un habit d'arlequin. C'était l'homme des extrêmes...

» L'homme qui, unissant dans ses bizarreries tout ce qu'il y a de plus élevé et de plus vil parmi les mortels,... joignant le guet-apens aux détrônements, présente une espèce de *Jupiter-Scapin* qui n'avait pas encore paru sur la scène du monde. »

(Préface, p. ix et xiv.)

SUITE.

« **Oui, de ta suite, ô roi ! de ta suite ! j'en suis.** »

V. Hugo. *Hernani ou l'Honneur castillan*, 25 fé-

vrier 1830; acte Ier, scène IV, monologue d'Hernani.
On connaît la suite :

> Nuit et jour, en effet. pas à pas je te suis !
> Un poignard à la main, l'œil fixé sur ta trace,
> Je vais ! Ma race en moi poursuit en toi ta race !

TANT.

« Vous m'en direz tant ! »

On trouve cette fameuse réponse attribuée à la reine
Anne d'Autriche, dans le *Recueil de particularités,
bons mots*, etc. du président Jean Bouhier (1673-1746).
Voici l'anecdote qu'il raconte à ce sujet :

« Comme Bautru réjouissoit extremement la Reine mère,
elle lui permettoit des libertés qu'aucun autre n'eût osé
prendre. Un jour entr'autres il soutenoit devant elle
une thèse, qu'il n'y avoit aucune femme qui fût à
l'épreuve de l'argent. La Reyne ayant témoigné estre
offensée qu'on eût une pareille opinion de son sexe :
« Madame, lui dit-il, vous ne devez pas en estre choquée,
» et je suis seur que si vous vouliez dire ce que vous
» pensez, vous seriez de mon sentiment. » La Reine
paroissant encore plus scandalisée de ce discours :
« Mais, madame, continua-t-il, si on offroit à une
» dame cent mille écus, croyez-vous qu'elle fût assez
» forte pour les refuser ? » A quoi la Reine ayant res-
pondu : « Ah ! fy, fy, Bautru ! Que dites-vous là ? — Si
» donc, dit-il, madame, on lui offroit un million, deux
» millions, vingt millions ? — Ah ! interrompit la
» Reyne, vous en diriez tant... — Eh bien, madame,
» répliqua-t-il à l'instant, nous y voilà. Ne vous avois-je
» pas dit que le plus ou le moins en faisoit l'affaire ? »

(Bibl. nat., manuscrit Fr. 25645, p. 34-35.)

On a prêté une réponse analogue à l'abbé Terrasson,
auquel la reine Marie Leszczynska demandait si, dans
le cas où il aurait à rendre un arrêt, il se laisserait

influencer par l'offre d'une grosse somme. (Voy. la *Suite au Mémorial de Sainte-Hélène*, 1824, t. I, p. 108.)

TEINTURIER.

Teinturier.

Pourquoi appelle-t-on *teinturier* l'auteur réel d'un ouvrage destiné à paraître sous le nom d'un autre ?

Voici l'explication qu'on en a donnée et qui nous paraît assez satisfaisante.

Cette expression aurait pour origine une scène de *l'Avocat Patelin*, une des plus jolies comédies de Brueys et Palaprat, qui n'est d'ailleurs qu'une imitation de l'ancienne farce de *Maître Patelin* (XVᵉ siècle).

Au Iᵉʳ acte, scène v, M. Guillaume, le drapier, étale aux yeux de Patelin une pièce de drap que ce rusé compère a juré de s'approprier :

« — C'est de couleur marron, dit le marchand.

» — De marron, répète Patelin, usant du même artifice que le renard de la fable, que cela est beau ! Je gage, monsieur Guillaume, que vous avez imaginé cette couleur-là.

» — Oui, oui, *avec mon teinturier*. »

Ce teinturier remplit bien vis-à-vis du drapier le même rôle que l'écrivain mercenaire qui travaille pour la gloire d'autrui.

Remarquons d'ailleurs que le dictionnaire de l'Académie (1835) enregistre cette phrase figurée et proverbiale : « *Il a fait cela avec son teinturier*, se dit d'un homme qui s'attribue un ouvrage d'esprit qu'il n'a point fait, ou qu'on l'a beaucoup aidé à faire. »

Ne sont-ce pas là exactement les termes dont se servait M. Guillaume ?

La pièce de Brueys est de 1706 (1ʳᵉ édition).

TÊTE.

Pensée de derrière la tête.

On lit dans les *Pensées* de Pascal :

« Il faut avoir une pensée de derrière et juger de tout par là, en parlant cependant comme le peuple. » (Éd. Auguste Molinier, t. I, 1877, p. 109. — Chap. *De la Justice. Coutumes et préjugés.*)

On dit aujourd'hui, plus familièrement : pensée de derrière la tête.

L'expression « arrière-pensée », qui répond à peu près à la même idée, est beaucoup plus ancienne. On en trouve déjà un exemple dans les *Discours politiques et militaires* de François de La Noüe (XXVIe discours, ou *Mémoires*, chap. XII. — Basle, 1587, p. 612).

« Depuis, dit cet écrivain, en parlant du roi Charles IX et des protestants, il leur garda tousjours une arriere-pensee. »

TIRER.

« Messieurs les Anglais, tirez les premiers ! »

Voici en quels termes Voltaire raconte, dans son *Précis du règne de Louis XV*, l'épisode de la bataille de Fontenoy (11 mai 1745), dans lequel ce mot fameux aurait été prononcé :

(L'action se passait entre le village de Fontenoy et le bois de Barry, à sept kilomètres de Tournay, que les Français assiégeaient. Une forte colonne d'infanterie anglaise et hanovrienne, s'étant engagée dans cet espace d'environ un kilomètre, se trouva, après avoir traversé un ravin, en face de la ligne des gardes françaises.)

« Les officiers anglais saluèrent les Français, en ôtant

leurs chapeaux. Le comte de Chabanne, le duc de Biron,
qui s'étaient avancés, et tous les officiers des gardes
françaises leur rendirent le salut. Milord Charles Hay,
capitaine aux gardes anglaises, cria : « Messieurs des
» gardes françaises, tirez. »
» Le comte d'Anteroche, alors lieutenant des grenadiers, et depuis capitaine, leur dit à voix haute : « Mes-
» sieurs, nous ne tirons jamais les premiers ; tirez
» vous-mêmes. » Les Anglais firent un feu roulant... »
(Édit. de Genève, 1769, in-12, p. 176.)

Dans son étude très détaillée sur *Fontenoy*, publiée
dans la *Revue des Deux Mondes* du 15 juin 1887,
M. le duc de Broglie reconnaît qu'il commença par
mettre en doute l'authenticité du mot. « Je n'ai changé
d'avis, ajoute-t-il, qu'en trouvant dans les *Rêveries* du
maréchal de Saxe un paragraphe entier consacré à
établir « qu'une troupe ne doit jamais se presser de
faire feu la première ». (P. 745.)

Dans l'ouvrage qu'il intitule *Mes Rêveries* (Amsterdam, 1757), le maréchal de Saxe (1696-1750) a effectivement développé les raisons qui plaident en faveur
de cette théorie (t. I, p. 37), et condamne ce qu'il appelle
« l'abus de la tirerie ».

Il est bon de remarquer qu'il écrivait ceci en 1732, et
que, dans un *Mémoire* de mars 1750, il exprimait une
opinion diamétralement opposée.

« L'usage est établi, disait-il, dans les troupes françaises, de supporter le feu de l'ennemi dans une attaque ou une bataille...
» Je supplie très humblement qu'il me soit permis
de dire naïvement ce que je pense, sur le faux que je
trouve dans cet usage. »
(*Lettres et Mémoires*, Paris, 1794, t. v, p. 299.)

Quel qu'ait été l'avis du maréchal lors de la bataille
de Fontenoy, pendant laquelle il exerçait le haut com-

mandement, l'habitude qu'il signale dans l'armée française pourrait expliquer le mot du comte d'Anteroche,
en lui enlevant, il est vrai, un peu de sa grâce cheva-
leresque. Elle ne constitue toutefois qu'une bien faible
présomption en faveur de son authenticité.

Pour nous éclairer sur ce point, nous avons consulté
un certain nombre de témoignages contemporains:

Nous devons d'abord constater que, dans les nombreuses relations de la bataille de Fontenoy, recueillies
au tome Ier des *Lettres et Mémoires* cités plus haut
(p. 165 à 236), il n'est fait mention d'aucun échange
de politesses entre les deux officiers.

Le passage suivant des *Mémoires militaires* du duc
de Croÿ-Solre, qui prit part à la campagne de Bohème
et de Bavière, tendrait à nous faire croire que le mot ne
fut point prononcé :

« Les Anglois et les Hanovriens, soutenus de leur
cavalerie sur plusieurs points, qui ne put jamais se
développer, le terrain étant trop étroit, s'avancèrent avec
un ordre et une contenance admirables devant la brigade
des gardes qui, les voyant à portée, s'avance pour les
charger, mais, ayant fait leur décharge avec assez peu
d'ordre, les ennemis leur en firent une si furieuse,
laquelle fut suivie d'un feu si bien nourri, que les gardes
françoises lâchèrent tous le pied, et s'enfuirent... »

Rendant compte ensuite de ses impressions person-
nelles, il dit encore :

« Je vis la grosse ligne des Anglois s'avancer majes-
tueusement, dans le milieu de la plaine, entre Fontenoy
et la redoute droite, sur la brigade des gardes... Alors
je vis les gardes françoises marcher seuls en avant à
grands pas, faire d'abord leur décharge, et, tout de
suite, en essuyer une terrible bien plus fournie et plus
en ordre que la leur... »

(*Nouvelle revue rétrospective*, année 1894, p. 14 et 28.)

Donc, d'après ce témoin, ce sont les gardes françaises qui auraient ouvert le feu.

Le marquis de Valfons, lieutenant général des armées du roi (1710-1786), qui assista de près au combat, et eut son cheval tué par les premiers coups de feu des Anglais, rapporte à peu près comme Voltaire le court dialogue qui s'engagea entre lord Charles Hay et le comte « d'Auteroche ». (*Souvenirs*, publiés par son petit-neveu, 1760, p. 143.)

En présence de ces documents contradictoires, il serait difficile de se former une opinion, si l'on n'était en possession du témoignage, autrement important, d'un des acteurs de cette scène : lord Charles Hay.

L'article que lui a consacré M. James Rowley, dans le *Dictionnaire de biographie nationale* (anglaise), nous fournit cette autre version :

« D'après le récit qu'il adressa lui-même par lettre à son frère trois semaines après, ses hommes s'approchèrent de l'ennemi à une distance de vingt ou trente pas. A ce moment, il s'avança sur le front du régiment, but à la santé des Français, les plaisanta avec plus d'esprit que d'aigreur sur leur défaite à Dettingen, après quoi il se retira et fit pousser un hourra (huzzah) à ses hommes. » (Tome XXV, p. 253.)

Cette boutade de l'officier anglais a dû servir de base à la légende dont Voltaire s'est fait l'écho.

M. Alexis de Valon, dans un article de la *Revue des Deux Mondes* du 1er février 1851 (*La Corrèze et Roc-Amadour*), rapporte que, visitant un bourg de la Corrèze, nommé le Puy-d'Arnac, il eut pour hôtesse une petite-fille du comte d'Anteroche, vivant dans une extrême misère. Le souvenir du mot qui a transmis ce nom à la postérité lui inspire ces réflexions (p. 427-428) :

« Ce mot est, je pense, le plus charmant, le mieux frappé à l'image de son siècle, dont il soit fait mention dans l'histoire. N'est-ce pas le mot de cette noblesse insouciante et adorable, ironique et blasée, qui poussa jusqu'à la folie le mépris de la vie et le culte de la courtoisie jusqu'au sublime. »

Il se déclare d'ailleurs fort sceptique à l'endroit de ces mots « historiques », qu'on ne dit guère sur les champs de bataille.

TOUR.

« Tour d'ivoire. »

On dit couramment « s'enfermer dans sa tour d'ivoire », surtout en parlant des artistes et des poètes, ce qui signifie se retirer loin des bruits du monde, dans un séjour idéal, au fond d'un abri mystérieux sculpté dans une matière rare, pour y savourer en paix les exquises douceurs de la rêverie et de l'étude. Cette expression a été appliquée, pour la première fois, par Sainte-Beuve, au délicat poète Alfred de Vigny, dont le goût pour la retraite est resté légendaire.

Dans une pièce de vers adressée *A M. Villemain* vers 1837, Sainte-Beuve, dressant le bilan de la poésie française pendant les années précédentes, écrivait :

> Lamartine régna ; chantre ailé qui soupire,
> Il planait sans effort. Hugo, dur partisan,
> (Comme chez Dante on voit, Florentin ou Pisan,
> Un baron féodal), combattit sous l'armure,
> Et tint haut sa bannière au milieu du murmure :
> Il la maintient encore ; et Vigny plus secret,
> Comme en sa tour d'ivoire, avant midi, rentrait.

(*Pensées d'août* ; poésies complètes, 1863, t. II, p. 231.)

« Tour d'ivoire » (*Turris eburnea*) est aussi, mais avec un sens très différent, une image fort ancienne qui appartient à la phraséologie liturgique. C'est une des formules de vénération employées dans les litanies de la Vierge, en souvenir de ce verset du *Cantique des cantiques* (chap. VII, v. 4) :

« Votre cou est comme une tour d'ivoire. »

TREMBLER.

« — **Tu trembles, Bailly** ?
» — **C'est de froid.** »

(Supplément.)

La *Revue des questions historiques* a donné dans son n° du 1er octobre 1876 une intéressante étude de M. Louis Audiat sur *le Mot de Bailly*. Dans une pièce comique du théâtre italien : *La Fausse coquette*, de M. Bruyère de Barante, le bisaïeul de l'historien, l'auteur a retrouvé un dialogue où figure une réponse à peu près identique à celle de lord Say :

ARLEQUIN.
Je vais invoquer un Diable de mes amis...
PASQUARIEL, tremblant.
Ah ! Monsieur, ne l'appelez pas, j'ai peur.
ARLEQUIN, tremblant aussi.
... Un grand nigaud comme vous avoir peur ! Fi !
LE PRINCE, *à Arlequin.*
Mais, monsieur, il me semble que vous tremblez ?
ARLEQUIN.
Cela est vrai, mais je tremble de froid, moi.
(Acte II, scène VII.)

M. Audiat a pensé, peut-être avec raison, que Riouffe s'était inspiré de cette scène.

La Fausse coquette, représentée le 18 décembre 1694, fut souvent jouée et réimprimée. Elle se

trouve dans le *Théâtre italien* de Gherardi, t. V,
p. 361.

TROP.

« Ils sont trop ! »

Souvenir d'un émouvant épisode de la *bataille de
Paris* (30 mars 1814), que rapporte M. de Vaulabelle
dans son *Histoire des deux Restaurations* (4ᵉ éd.,
1858, t. I, p. 331).

Depuis quatre heures et demie du matin, les huit ou
ou neuf mille hommes du maréchal Marmont luttaient
avec un courage héroïque contre les forces dix fois
supérieures de Schwartzenberg, qui s'étaient augmen-
tées vers une heure des cent mille hommes de Blücher.
L'action était engagée au nord et à l'est de Paris, surtout du côté de la Villette, Romainville et Ménilmon-
tant. La position était intenable pour les défenseurs.

« Dans la partie la plus rapprochée des rues du faubourg Saint-Martin et du faubourg du Temple, écrit
Vaulabelle, la foule était compacte et agitée. Là, une
sorte d'exaltation patriotique s'emparait de tous les
groupes à la vue de chaque voiture qui amenait du
champ de bataille des mourants ou des blessés. On
interrogeait ceux-ci : « *Ah !* s'écriait un soldat dont le
bras droit avait été fracturé par un biscaïen, *ils sont
trop !* »

Le même trait se trouve mentionné dans un récit
anonyme du siège de Paris, publié dans la *Suite au
Mémorial de Sainte-Hélène*, 1824, t. II, p. 287.

TUER.

Tue-la !

Dans sa brochure *l'Homme-femme*, qui fit, en 1872,
une si vive sensation dans les salons parisiens (surtout

dans ceux où l'adultère rencontre quelque sympathie), M. Alexandre Dumas fils discutait les éternels problèmes relatifs à la situation de la femme dans la société, au mariage et aux accidents qu'il traîne souvent à sa suite.

Cette longue dissertation était une réponse à un article de M. Henry d'Ideville, publié dans le Soir du 6 juillet, à propos de cette triste affaire Dubourg, dans laquelle un mari trompé avait lâchement assassiné sa femme, ce qui lui avait valu cinq ans de réclusion. (Voy. la Gazette des tribunaux des 15 et 16 juin.)

M. d'Ideville se déclarait partisan du pardon, en s'appuyant sur cette parole du Christ : « Que celui d'entre vous qui est sans péché lui jette la première pierre.» (Saint Jean, chap. VIII, v. 7.) M. Dumas concluait au contraire en adressant ce conseil impitoyable à celui dont la femme a déshonoré son foyer :

« Si rien ne peut l'empêcher de prostituer ton nom avec son corps ;... déclare-toi personnellement, au nom de ton Maître, le juge et l'exécuteur de cette créature. Ce n'est pas la femme, ce n'est même pas une femme ; elle n'est pas la conception divine, elle est purement animale; c'est la guenon du pays de Nod, c'est la femelle de Caïn : — TUE-LA ! » (P. 175-176.)

Peu de temps après, M. Dumas fils soutenait la même thèse au théâtre, dans la Femme de Claude, comédie en trois actes jouée au Gymnase le 16 janvier 1873.

Bien qu'il ne soit peut-être pas sans danger de présenter comme un acte de froide justice, presque comme l'accomplissement d'un devoir, un crime que peut seul excuser l'excès de la colère, il y a fort apparence que la brochure de M. Dumas a fait couler plus d'encre que de sang. Elle provoqua plusieurs réponses, dont la plus remarquée fut celle que M. Émile de Girardin publia sous le titre : *L'Homme et la femme. L'homme suze-rain. La femme vassale.*

M. de Girardin, lui, n'était ni pour le pardon ni pour le meurtre. Il préconisait comme remède préventif, et souverain selon lui, un principe qu'il avait jadis proclamé et qu'il résumait en ces mots un peu obscurs : *La liberté dans le mariage par l'égalité des enfants devant la femme.*

Le 17 août 1872, on donna au Palais-Royal un petit acte au titre démesurément long : *Tue-la ! ou elle te tuera ! ou l'Homme-femme ! ou la Femme-homme ! ou Ni homme ni femme ! ou Alexandre embêté par Émile ! ou Émile embêté par Alexandre ! Scènes de la vie conjugale,* par ***.

Il résulte des appréciations de la presse, d'ailleurs très rares, sur ce vaudeville, que l'auteur avait bien fait de garder l'anonyme.

N'oublions pas une spirituelle caricature d'Alfred Le Petit dans *le Grelot* du 28 juillet 1872, où l'on voyait M. Dumas offrant comme cadeau de noces à un fils qu'il aurait pu avoir, un exemplaire de sa brochure avec un immense couteau destiné au châtiment de la femme coupable.

ULYSSE.

> **.... On ne s'attendait guère**
> **De voir Ulysse en cette affaire.**

La Fontaine. Liv. X, fable II (ou III dans quelques éditions) : *la Tortue et les Deux Canards* ; vers 13-14.

VANITÉ.

> **Vanité des vanités, tout n'est que vanité.**

Aphorisme tiré de la Bible, que l'on cite le plus souvent sous sa forme latine : « *Vanitas vanitatum et omnia vanitas.* »

(*L'Ecclésiastique*, I, 2 et XII, 8.)

VEAU.

On dirait du veau !

(Supplément.)

Le mot est un peu plus ancien que nous ne pensions.

Un auteur dramatique de beaucoup de talent et d'esprit a eu l'héroïque courage de réclamer la paternité de cette malheureuse locution, et de nous révéler sa véritable origine.

Voici ce que M. Ernest Blum écrivait dans *le Gaulois* du 18 mars 1898 (*Journal d'un vaudevilliste*) :

« On dirait du veau » est tout simplement une de ces inspirations qui font partie de mes œuvres complètes...

» Nous écrivions, Blau, Toché et moi pour Offenbach un livret d'opérette intitulé *Belle Lurette*, — je précise, l'intègre histoire l'exige. L'amusante Desclauzas, qui devait jouer dans la pièce, avait à exprimer son opinion sur un homard qu'elle venait de manger et qu'elle trouvait excellent ; l'un de mes collaborateurs lui avait fait s'écrier :

» — On dirait du bœuf !

» Il ne me sembla pas que la chose fût suffisante, et pour l'accentuer, à la place de bœuf je mis veau. C'était délicieux ! »

Effectivement, à la scène x du Ier acte, la nommée Marceline, patronne d'une blanchisserie, trouvant ses ouvrières en train de faire la fête avec des gardes-françaises, consent à prendre part au festin et se laisse tenter par un superbe homard :

« Dieu, s'écrie-t-elle, que cet homard est donc bon !
on dirait du veau ! »

Ajoutons que le rôle de Marceline fut joué par
Mlle Mily Meyer, et que cette opérette fut représentée à
la Renaissance le 30 octobre 1880.

D'après M. Blum, le mot commença à circuler quelques jours après, mais il est fort possible qu'il ait
trouvé un regain de popularité dans les circonstances
que nous avons précédemment indiquées.

Les auteurs de *Belle Lurette*, qui ont semé tant de
mots spirituels dans leurs ouvrages, ont dû être profondément étonnés de voir celui-ci, le plus insignifiant de
tous, parvenir à une si grande vogue. Et pourtant, dans
le Gaulois du 18 juillet 1895, où il revendiquait déjà
cette création, M. Blum disait en riant :

« Je n'avais pas plus tôt laissé tomber ces quatre
mots sur le papier que je sentis que je venais d'écrire
quelque chose pour la postérité ! »

VÉRITÉ.

> **« Si j'avais la main remplie de vérités,
> je me garderais bien de l'ouvrir. »**
>
> (Supplément.)

Voici comment Voltaire expliquait le mot de Fontenelle, dans sa lettre à Helvétius du 15 septembre 1763 :

« Quand il disait que s'il avait la main pleine de
vérités il n'en lâcherait aucune, c'était parce qu'il en
avait lâché ; et qu'on lui avait donné sur les doigts. »

(Édit. Garnier, t. XLII, p. 570.)

VERTU.

« Faut d'la vertu, pas trop n'en faut. »

(Supplément.)

L'humble refrain de Monvel pouvait s'enorgueillir d'une ancienne et illustre généalogie.

Voici d'abord comment s'exprime Horace, dans son épître VI du Ier livre (v. 15-16) :

> Insani sapiens nomen ferat, æquus iniqui,
> Ultra quam satis est, virtutem si petat ipsam...

(Le sage mérite le nom de fou, le juste celui d'injuste, s'il recherche la vertu plus qu'il ne convient.)

Saint Paul donnait ce précepte aux Romains, dans son *Épître*, chap. XII, v. 3 :

« Dico enim... Non plus quam oportet sapere, sed sapere ad sobrietatem. »

(Car je vous le dis... Ne soyez pas plus sage qu'il ne faut, mais soyez-le avec modération.)

Montaigne, dans ses *Essais*, paraphrase ainsi ces deux citations (liv. Ier, ch. XXIX) :

« Nous pouvons saisir la vertu, de façon qu'elle en deviendra vicieuse, si nous l'embrassons d'un desir trop aspre et violent : ceulx qui disent qu'il n'y a iamais d'excez en la vertu, d'autant que ce n'est plus vertu si l'excez y est, se iouent des paroles. »

En 1666, dans *le Misanthrope*, Molière fait dire à Philinte (acte Ier, scène Ire, vers 151-152) :

> La parfaite raison fuit toute extrémité,
> Et veut que l'on soit sage avec sobriété.

Vient ensuite, par ordre chronologique, Quinault, qui, dans *Armide et Renaud*, tragédie lyrique (15 février 1686), fait chanter par une bergère, près de Renaud endormi (acte II, fin de la scène IV) :

Laissons au tendre amour la jeunesse en partage,
La sagesse a son temps, il ne vient que trop tôt ;
    Ce n'est pas être sage,
    D'être plus sage qu'il ne faut.

*
* *

« **Les mortels sont égaux : ce n'est point la naissance,
C'est la seule vertu qui fait la différence.** »

Ces vers figurent dans deux tragédies de Voltaire :
d'abord dans *Ériphyle*, qui fut jouée le 7 mars 1732
(acte II, scène Ire, rôle d'Alcméon), puis dans *le Fanatisme ou Mahomet*, représenté en avril 1741 (acte Ier,
scène IV, rôle d'Omar).

Ériphyle n'ayant eu qu'un demi-succès, Voltaire retira
la pièce après quelques représentations, mais il y
reprit d'assez nombreux vers qu'il replaça dans d'autres
ouvrages et dont plusieurs sont restés proverbiaux.

Les deux vers que nous venons de citer étaient suivis
de ceux-ci :

C'est elle qui met l'homme au rang des demi-dieux ;
Et qui sert son pays n'a pas besoin d'aïeux...
Mes grandeurs sont à moi : mon sort est mon ouvrage...
Je n'ai plus rien du sang qui m'a donné la vie ;
Il a dans les combats coulé pour la patrie :
Je vois ce que je suis, et non ce que je fus,
Et crois valoir au moins des rois que j'ai vaincus.

Dans *Mérope* (20 février 1743), Polyphonte disait, à
la scène Ire du IIIe acte :

Le premier qui fut roi fut un soldat heureux ;
Qui sert bien son pays n'a pas besoin d'aïeux.
Je n'ai plus rien du sang qui m'a donné la vie :
Ce sang s'est épuisé, versé pour la patrie :
Ce sang coula pour vous ; et, malgré vos refus,
Je crois valoir au moins les rois que j'ai vaincus.

VIE.

La « lutte pour la vie ».

Expression le plus souvent employée sous sa forme anglaise : *struggle for life.*

Elle doit sa célébrité au fameux ouvrage de Ch. Darwin (1809-1882) : *L'Origine des espèces au moyen de la sélection naturelle, ou la Lutte pour l'existence dans la nature.* La première édition anglaise de ce livre a paru le 24 novembre 1859, et M. Éd. Barbier en a donné, en 1882, une traduction française, à laquelle se rapportent nos indications.

Au chapitre III, qui a pour titre : *La lutte pour l'existence*, l'auteur énonce ce principe que, dans les êtres organisés, « une variation, si insignifiante qu'elle soit, se perpétue, *si elle est utile* ». C'est ce principe qu'il a nommé la *sélection naturelle*, par opposition à la sélection artificielle, ou, en reprenant une expression plus exacte d'Herbert Spencer, « la persistance du plus apte ». Il désigne à la fois par ces mots, comme il le dit plus loin (chap. IV, p. 86), la « conservation des différences et des variations favorables », et l' « élimination des variations nuisibles ».

Il insiste sur le sens figuré qu'il entend donner à l'expression « lutte pour l'existence ». Il ne s'agit pas seulement ici de la guerre proprement dite que les animaux se font entre eux, mais des difficultés de toutes sortes qu'ils ont à vaincre pour vivre et se perpétuer.

On conçoit que, dans ce combat incessant, ce sont les individus les plus robustes et les mieux armés pour la lutte qui ont le plus de chances de résister et de transmettre leurs qualités à leurs descendants.

Darwin rappelle qu'avant lui, Candolle l'aîné et Lyell ont déjà porté leur attention sur la terrible concurrence

que tous les êtres organisés ont à soutenir, et que
W. Herbert a particulièrement étudiée en ce qui concerne les plantes.

On trouvera d'ailleurs résumées, dans une *Notice
historique* qu'il a placée en tête de son édition définitive, les opinions de ses devanciers sur ces intéressantes questions.

Dès 1837, comme il nous l'apprend dans son autobio-
graphie, Darwin s'occupa de rassembler tous les faits
relatifs aux variations des animaux et des végétaux.
L'*Essai* de Malthus *sur le principe de la population*,
qu'il lut en 1838, lui fournit de précieux aperçus sur
la lutte pour l'existence.

C'est en 1856 qu'il écrivit en partie son ouvrage, « la
principale œuvre de ma vie », dit-il. Deux ans après, il
recevait de M. Wallace un travail où se trouvaient déve-
loppées les mêmes théories. Ces deux mémoires, qui
furent publiés presque en même temps, n'obtinrent alors
que fort peu d'attention dans le monde savant.

(*La Vie et la Correspondance de Charles Darwin*,
publiées par son fils ; Londres, 1887. — Trad. H. C. de
Varigny, t. I, p. 85 et suiv.)

On ne s'est pas contenté, en France, d'emprunter
aux Anglais l'expression *struggle for life*. Il s'est
trouvé des écrivains, et non des moindres, pour
risquer ce barbarisme sans nom : *struggle for lifers*,
substantif monstre signifiant : ceux qui luttent pour la
vie... Qu'on n'exige pas de nous les noms des coupables.

VILLAGE.

**Mieux vaut être le premier dans son village que le
second dans Rome.**

Souvenir d'une parole que César aurait prononcée,

lorsqu'il alla prendre possession de son gouvernement
d'Espagne.

Voici comment Plutarque la rapporte, d'après la
traduction d'Amyot :

« Lon dit qu'en traversant les monts des Alpes, il
passa par une petite villette de Barbares habitée de
peu d'hommes pauvres et mal en poinct, là où ses
familiers qui l'accompagnoyent se prirent à demander, en riant entre eulx, s'il n'y avoit point de
brigues pour les estats et offices de la chose publique
en ceste ville là, et s'il n'y avoit point de debats
et d'envies entre les principaux pour les honneurs
d'icelle, et Cæsar parlant à certes, respondit, « Je ne
» say pas cela, dit-il, mais quant à moy j'aimerois mieux
» estre icy le premier, que le second à Rome. »

(Vie de *Jules César*, chap. XI ; XIII de la traduction.)

Plùsieurs autres paroles de César sont souvent
citées.

D'abord son fameux cri : Le sort en soit jeté !
(ἀνερρίφθω κύβος ; en latin : jacta alea esto !), qu'il proféra
lorsque, revenant de la Gaule, il franchit le Rubicon
pour se lancer dans la plus téméraire des entreprises
contre Pompée.

(Plutarque : *César*, chap. XXXII ; *Pompée*, chap. LX.
— Suétone : *César*, chap. XXII.)

C'est un mot qu'on trouve déjà dans un fragment de
Ménandre (IVe siècle avant J.-C.), rapporté par Athe-
næus au chap. XIII des *Deipnosophistæ* (éd. Teubner,
1858, t. III, p. 9, e).

S'étant embarqué la nuit sur une frégate à douze
rames qui devait le ramener de Dyrrachium à Brindes,
le flux de la mer ayant rendu la navigation périlleuse
à l'embouchure de l'Aoüs, César aurait dit au pilote
effrayé : « Mon amy, ayes bon courage, et poulse

hardiment sans craindre rien, car tu mènes Cæsar et sa fortune... » Mot que l'on cite habituellement ainsi : « Tu portes César et sa fortune. » (Plutarque : *César*, chap. XXXVIII : XLIX dans Amyot.) On s'accorde à considérer ce propos comme peu vraisemblable.

Après sa victoire sur Pharnace, roi de Pont, près de Zéla, César écrivit à son ami Amantius, à Rome, une lettre où il disait seulement : « VENI, VIDI, VICI. » (Plutarque : *César*, chap. L.) Lorsqu'il triompha à Rome pour cette victoire, il fit inscrire sur un tableau ces trois mots, « qui ne retraçaient pas, dit Suétone, comme les autres inscriptions, tous les événements de la guerre, mais qui en marquaient la rapidité ». (*César*, chap. XXXVII.)

Ce fut son second triomphe, qui eut lieu en l'an de Rome 708.

Quand il fut poignardé dans le sénat romain, voyant Marcus Brutus qui s'avançait vers lui pour le frapper, il s'écria en grec : « Et toi aussi, mon fils ! » (Καὶ σύ, τέχνον. — Suétone, chap. LXXXII.)

VIVRE.

.... **Qu'on me rende impotent,**
Cul-de-jatte, goutteux, manchot, pourvu qu'en somme
Je vive, c'est assez, je suis plus que content.

C'est ainsi que La Fontaine, dans sa fable *la Mort et le Malheureux* (livre I, fable xv), traduisait un mot de Mécénas que Sénèque nous a transmis sous cette forme :

Debilem facito manu,
Debilem pede, coxa ;
Tuber adstrue gibberum,
Lubricos quate dentes :
Vita dum superest, bene est !

(101ᵐᵉ épître à Lucilius.)

La Fontaine était mécontent de cette fable, qu'il jugeait trop inférieure à celle d'Ésope, son modèle. Il la refit donc sous le titre : *la Mort et le Bûcheron,* et lui donna pour conclusion :

> Plutôt souffrir que mourir,
> C'est la devise des hommes.

Mais il tenait tant à la pensée de Mécénas qu'il ne put se résoudre à supprimer sa première œuvre, ainsi qu'il nous l'explique lui-même dans une note.

D'ans la traduction des dernières épitres de Sénèque, par Pintrel, publiée en 1681, se trouvent ces vers qui seraient aussi, affirme-t-on, de La Fontaine :

> Qu'on me rende manchot, cul-de-jatte, impotent.
> Qu'on ne me laisse aucune dent,
> Je me consolerai ; c'est assez que de vivre.

Montaigne avait dit, dans ses *Essais*, à propos de sa triste santé (liv. II, ch. 37) :

« Tant les hommes sont accoquinez à leur estre miserable, qu'il n'est si rude condition qu'ils n'acceptent pour s'y conserver ! oyez Mæcenas. »

Nous signalerons encore une autre forme de la même pensée dans *Sydney*, comédie en deux actes, de Gresset (Théâtre-Français, 3 mai 1745).

Sydney s'est éloigné de Londres en proie à un accès de misanthropie. Son valet Dumont s'efforce de le rattacher à la vie (acte Iᵉʳ, scène ix) :

> Moi ! monsieur ! mon projet, si le ciel le seconde,
> Est de vivre content jusqu'à mon dernier jour ;
> On ne vit qu'une fois...
> Nous autres bonnes gens, nous n'avons que la vie:

Nous avons de la peine il est vrai, mais enfin
Aujourd'hui l'on est mal, on sera mieux demain ;
En quelque état qu'on soit, il n'est rien tel que d'être...

VOLEUR.

Crédeville voleur.

(Supplément.)

A l'occasion de cette scie, qui date de 1828, nous
avons parlé du nez de Bouginier. Des renseignements
complémentaires fort précieux nous sont fournis sur ce
personnage historique par le *Dictionnaire général des
artistes de l'école française,* de MM. Émile Bellier de
La Chavignerie et Louis Auvray (1882).

Et d'abord, nous y apprenons que son vrai nom
était Bougenier et non Bouginier. Donc, Bougenier
(Henri Marcellin Auguste), né à Valenciennes le 2 janvier 1799, est mort à Paris le 4 février 1866. Élève de
Momal et du baron Gros, il exposa des peintures religieuses aux salons de 1844, 1845 et 1851. Il finit par
se faire photographe.

L'auteur de l'article nous dit encore :

« Bougenier fut la victime de *charges* d'atelier qui
sont restées célèbres, et qui n'ont peut-être pas peu contribué à lui faire manquer sa carrière. »

Plaignons Bougenier !

VOYOU.

Le « pâle voyou ».

Expression consacrée en souvenir d'une pièce de
vers intitulée : *la Cuve,* qui fait partie des *Iambes*
d'Auguste Barbier.

Le 6⁰ dizain de ce morceau, qui date de 1831, débute ainsi :

> La race de Paris, c'est le pâle voyou
> Au corps chétif, au teint jaune comme un vieux sou ;
> C'est un enfant criard que l'on voit à toute heure
> Paresseux et flânant, et loin de sa demeure
> Battant les maigres chiens, ou le long des grands murs
> Charbonnant en sifflant mille croquis impurs....

(1ʳᵉ éd., 1832, ïambe X⁰, p. 103.)

Le mot *voyou*, grâce peut-être au patronage d'Auguste Barbier, a été admis pour la première fois en 1878 dans le *Dictionnaire* de l'Académie.

TABLE
DES PRINCIPAUX NOMS PROPRES

TABLE ALPHABÉTIQUE DES MATIÈRES

Nota. — *Le signe* (S.) *indique les suppléments aux articles de la troisième édition du* Musée de la Conversation. *Les lignes en italique ne sont pas des titres d'articles.*

D

E

En vente a la Librairie Émile BOUILLON

PARIS, rue de Richelieu, 67 (au premier)

LE MUSÉE DE LA CONVERSATION

PAR

Roger ALEXANDRE

TROISIÈME ÉDITION

Un vol. in-8°, de près de 600 pages. Prix, broché : **7 fr.**

LISTE ALPHABÉTIQUE DES MATIÈRES

CONTENUES DANS CET OUVRAGE

A

A la tour de Nesle !
A soixante ans on ne doit pas remettre.
A tous les cœurs bien nés que la patrie est chère.
Abuser de la permission qu'ont les hommes d'être laids.
Affaire (l') Chaumontel.
Ah ! eh ! les p'tits agnéaux !
Ah ! il a des bottes, Bastien !
Ah ! le bon billet qu'à La Châtre !
Ah ! ne me brouillez point avec la République.
Ah ! pour être dévot, je n'en suis pas moins homme.
Ah ! qu'il est doux de ne rien faire !
Ah ! qu'il fait donc bon cueillir la fraise !
Ah ! qu'on est fier d'être Français,
  Quand on regarde la colonne !
Ah ! que l'amour est agréable !
Ah ! zut alors si Nadar est malade.
Aimerais-tu donc mieux me voir mourir coupable ?

Ainsi que la vertu le crime a ses degrés.

« Al » est un singulier dont le pluriel fait « aux ».

Alfana vient d'equus, sans doute.

Allez dire à votre maître que nous sommes ici par la volonté du peuple.

Allez voir Dominique !

Alphonse.

Appelez-vous messieurs, mais soyez citoyens.

Araignée (l') de Pellisson.

Art (l') d'élever des lapins et de s'en faire 3000 fr. de revenu.

Assiette (l') au beurre.

Au banquet de la vie infortuné convive...

Au demeurant le meilleur fils du monde.

Au moins, avec les femmes du monde, quand on a fini de rire, on peut causer.

Aucun chemin de fleurs ne conduit à la gloire.

Audacieux et fluet, et l'on arrive à tout.

Aurore (l') aux doigts de rose.

Aux petits des oiseaux il donne leur pâture.

B

Badinguet.

Baïonnettes (les) intelligentes.

Bergeret lui-même.

Bête (la) du Gévaudan.

Bidard.

Bien joué, Marguerite !

Bien rugi, lion !

Bon appétit, messieurs !

Bon voyage, cher Dumollet!

Bonsoir, la compagnie !

Bonsoir, Thomas.

Bousingot.

Brigadier, vous avez raison.

Brûler n'est pas répondre.

C

C'est ainsi qu'en partant je vous fais mes adieux.

C'est bien, mais il y a des longueurs.

C'est dans les grands dangers qu'on voit un grand courage.

C'est du Nord aujourd'hui que nous vient la lumière,

C'est elle... Dieux, que je suis aise !

  Oui... c'est... la bonne édition.

C'est ici que Rose respire.

C'est imiter quelqu'un que de planter des choux.

C'est immense !

C'est l'acteur qui m'empêche de vous entendre.

C'est le jardin de Jenny l'ouvrière.

C'est le lapin qui a commencé.

C'est ma tête que vous me demandez là !

C'est nous qui sommes des ancêtres.

C'est par le gibier qu'on commence,
  C'est par le peuple qu'on finit.

C'est plus qu'un crime, c'est une faute.

C'est pour savoir si le printemps s'avance.

C'est que je tousse.

C'est toujours avec un nouveau plaisir...

C'est un droit qu'à la porte on achète en entrant.

C'est un terrible avantage que de n'avoir rien fait, mais il ne
  faut pas en abuser.

C'est une lettre
  Qu'entre vos mains, monsieur, on m'a dit de remettre.

C'était une noble tête de vieillard.

C'n'est pas ça qui nous empêch'ra d'être heureux en ménage.

C'n'était pas la peine, assurément, de changer de gouvernement.

Ça fait tant de plaisir et ça coûte si peu.

Calicots (les).

Calomniez, calomniez, il en restera toujours quelque chose

Canard (fausse nouvelle),

Car il l'assassina, l'infâme !

Carpe (la) de Bilboquet.

Caton se la donna. — Socrate l'attendit.

Causeur (le) à l'heure et à la séance.

Ce fut le serpent qui creva.

Ce jour-là nous ne lûmes pas davantage.

Ce qu'il y a de meilleur dans l'homme, c'est le chien.

Ce qu'un vain peuple pense.

Ce que je sais le mieux, c'est mon commencement.

Ce qui ne vaut pas la peine d'être dit, on le chante.

Ce sabre est le plus beau jour de ma vie.

Ce sont là jeux de prince.

Ceci tuera cela.

Cela fera du bruit dans Landerneau.

Certain devoir pressant m'appelle en certain lieu.

Cet animal est très méchant,

    Quand on l'attaque il se défend.

Cette maxime n'est pas neuve, mais elle est consolante.

Chacun chez soi, chacun pour soi.

Chacun chez soi et chacun son droit.

Chacun est artisan de sa bonne fortune.

Chambre prostituée.

Chanter « Femme sensible ».

Chaque instant de la vie est un pas vers la mort.

Charbonnier est maître chez lui.

Chassez le naturel, il revient au galop.

Chauvin.

Che n'est pas que ch'est chale, mais cha tient de la plache.

Cherchez la femme.

Chères (les) études de M. Thiers.

Chez elle un beau désordre est un effet de l'art.

Chien (le) de Montargis.

Chou (le) colossal.

Cinq sous, cinq sous pour monter notre ménage.

Cochon (le) de saint Antoine.

Combien faut-il de sots pour faire un public ?

Comme la plume au vent...

Comme quoi Napoléon n'a jamais existé.

Comme un seul homme.

Comment en un plomb vil l'or pur s'est-il changé ?

Confiance ! confiance !

Connais-toi toi-même.

Connu dans l'univers et dans mille autres lieux.

Coup (le) du commandeur.

Cordieu ! madame, que faites-vous ici ?

Couronnement (le) de l'édifice.

Couteau (le) de Janot.

Crédeville voleur.

Croire tout découvert est une erreur profonde.

Croix (la) de ma mère.

D

Daignez m'épargner le reste.

Dans ces prés fleuris
 Qu'arrose la Seine.

De l'audace, de l'audace, encore de l'audace.

De l'ordre avec le désordre.

De la... boue dans un bas de soie.

De queuqu'côté que j'me retourne,
 Je vois la ville de Libourne.

Débarrassons-nous de ce qui nous gêne.

Défiez-vous des premiers mouvements.

Demandez plutôt à Lazarille !

Demi-monde.

Des dents, pas de pain ; du pain, plus de dents.

Des lois et non du sang.

Deux augures ne peuvent se regarder sans rire.

Deux (les) Gaspards.

Devine si tu peux, et choisis si tu l'oses.

Dieu, c'est le mal.

Dieu est une sphère infinie dont le centre est partout.

Dis-moi ce que tu manges, je te dirai ce que tu es.

Dix contre un ! Dix manants contre un gentilhomme...

Document (le) humain.

Du côté de la barbe est la toute-puissance.

Du haut des cieux, ta demeure dernière...

Du plus grand des Romains voilà ce qui vous reste.

E

Eh bien ! nous disions donc que cet affreux Voltaire...

Elle aimait trop le bal, c'est ce qui l'a tuée.

Elle doit être à nous.

Elle me résistait... je l'ai assassinée !

Embrassons-nous, Folleville !

Empoignez-moi cet homme-là !

En passant près d'ici, j'ai cru de mon devoir
    De joindre le plaisir à l'honneur de vous voir,

En voulez-vous des z'homards ?

En vous voyant sous l'habit militaire,
    J'ai deviné que vous étiez soldat.

Encore une étoile qui file.

Enfant (l') à la dent d'or.

Enfant chéri des dames...

Enrichissez-vous !

Entente (l') cordiale.

Épée dont la poignée est à Rome.

Erreur (l') d'un homme d'esprit qui prendra sa revanche.

Escargots (les) sympathiques.

Esprit (l') nouveau.

Essai (l') loyal.

Est-ce à vous ou à M. votre frère que j'ai l'honneur de parler?

Est-ce que je ne suis pas un ancêtre, moi?

Et c'est être innocent que d'être malheureux.

Et ces deux grands débris se consolaient entre eux.

Et comme elle a l'éclat du verre,
  Elle en a la fragilité.

Et des boyaux du dernier prêtre
  Serrons le cou du dernier roi.

Et-l'on revient toujours
  A ses premiers amours.

Et la garde qui veille aux barrières du Louvre
  N'en défend point nos rois.

Et la mer montait toujours !

Et la neige tombait toujours !

Et le combat cessa faute de combattants.

Et les feuilles tombaient toujours !

Et mes derniers regards ont vu fuir les Romains.

Et, monté sur le faîte, il aspire à descendre.

Et par droit de conquête et par droit de naissance.

Et rose elle a vécu ce que vivent les roses.

Et s'il n'en reste qu'un, je serai celui-là !

Et sans danger la mère y conduira sa fille.

Et sortir d'ici-bas comme un vieillard en sort.

Et ta sœur !

Et toujours la nature
  Embellit la beauté.

Et tu me disais, Mathéo ?

Et voilà justement comme on écrit l'histoire.

États d'âme.

Éternel (l') féminin.

Eustache.

Excusez du peu !

Expirer pour sa belle
  Est encor du bonheur !

F

Fable convenue.

Facile à suivre en secret, même en voyage.

Faire de la prose sans le savoir.

Faire four.

Faire passablement bien de mauvais vers.

Faites flamber finances.

Faites-moi de bonne politique, je vous ferai de bonnes finances.

Fallait pas qu'y aille !

Farce de fumiste.

Faut d'la vertu, pas trop n'en faut.

Femme sensible, entends-tu le ramage...

Femmes, voulez-vous éprouver...

Feringhea a parlé.

Feu mal éteint.

Fille (la) à la tête de mort.

Fin de siècle.

Frères, il faut mourir.

Fusillez-moi tous ces gens-là !

G

Glissez, mortels, n'appuyez pas.

Gogo.

Gouvernement de combat.

Grand chasseur devant l'Éternel.

Grand (le) Français.

Grand (un) peut-être.

Grand (le) serpent de mer.

Grattez le Russe, vous trouverez le Cosaque.

Guernadier, que tu m'affliges.

Gusman ne connaît plus d'obstacles.

H

Haillon (le) de la guerre civile.

Hanneton, vole, vole, vole !

Hé ! Lambert !

Hélas ! elle a fui comme une ombre.

Hélas ! que j'en ai vu mourir de jeunes filles !

Hippocrate dit oui, mais Galien dit non.

Hochets (les) de la vanité.

Homélie (l') de l'archevêque de Grenade.

Homme (l') malade.

I

Il arrive, il arrive !

Il avait été à la peine, c'était bien raison qu'il fût à l'honneur.

Il en rougit, le traître.

Il est bon de parler, et meilleur de se taire.

Il est des morts qu'il faut qu'on tue.

Il est mort guéri.

Il est si facile de ne pas faire une comédie en cinq actes.

Il fait en ce beau jour le plus beau temps du monde,
   Pour aller à cheval sur la terre et sur l'onde.

Il fallait un calculateur, ce fut un danseur qu'il l'obtint.

Il faut avouer que nous avons un grand roi !

Il faut cultiver notre jardin.

Il faut des époux assortis.

Il faut le voir pour le croire.

Il faut manger pour vivre, et non pas vivre pour manger.

Il faut qu'une porte soit ouverte ou fermée.

Il faut que tout le monde vive.

Il faut tout prendre au sérieux, mais rien au tragique.

Il frissonne, il chancelle.

Il grandira, car il est Espagnol.

Il hésite ! il balance !

Il n'avait oublié qu'un point,
   C'était d'éclairer sa lanterne.

Il n'est bon bec que de Paris.

Il n'y a de nouveau que ce qui a vieilli.

Il n'y a pas de héros pour un valet de chambre.

Il n'y a pas de question sociale.

Il n'y a pas de vieilles femmes.

Il n'y a plus d'enfants !

Il n'y a plus rien.

Il n'y a plus une seule faute à commettre.

Il n'y a que les morts qui ne reviennent pas.

Il n'y a si bonne compagnie qui ne se sépare.

Il ne faut point juger des gens sur l'apparence.

Il ne tiendrait qu'à moi de l'épouser, si elle voulait.

Il ne voit que la nuit, n'entend que le silence.

Il nous faut du nouveau, n'en fût-il plus au monde.

Il reviendra !

Il y a des degrés selon les siècles.

Il y a des juges à Berlin.

Il y a quelqu'un qui a plus d'esprit que Voltaire : c'est tout le monde.

Ils n'ont qu'à vivre heureux pour n'être point ingrats.

Ils sont là quarante, qui ont de l'esprit comme quatre.

Ils sont passés, ces jours de fêtes.

Ingrate patrie, tu n'auras pas mes os.

Invalide (l') à la tête de bois.

J

J'ai connu le malheur et j'y sais compatir.

J'ai failli attendre.

J'ai fait la guerre aux rois, je l'eusse faite aux dieux.

J'ai prédit qu'il ne vivrait pas.

J'ai ri : me voilà désarmé,

J'ai vu ces maux, et je n'ai pas vingt ans.

J'aime à revoir ma Normandie.

J'aperçus l'ombre d'un rocher...

J'appelle un chat un chat, et Rolet un fripon.

J'aurais mieux fait, je crois, d'épouser Célimène.

J'embrasse mon rival, mais c'est pour l'étouffer.

J'en passe, et des meilleurs.

J'imite de Conrart le silence prudent.

J'me l'demande.

J't'en fich'rai, moi, des pal'tots !

J'y suis et j'y reste.

Jadis régnait en Normandie...

Jamais l'Italie ne s'emparera de Rome.

Jamais on ne vaincra les Romains que dans Rome.

Jamais surintendant ne trouva de cruelles.

Je cherche un homme.

Je jure de soutenir nos institutions, et au besoin de les combattre.

Je le pansay, Dieu le guarit.

Je m'en suis aperçu, Madame, étant par terre.

Je me presse de rire de tout, de peur d'être obligé d'en pleurer.

Je n'ai fait que passer, il n'était déjà plus.

Je n'en vois pas la nécessité.

Je ne dois qu'à moi seul toute ma renommée.

Je ne possède rien... prenez-en la moitié.

Je ne sais point prévoir les malheurs de si loin.

Je ne veux point mourir encore.

Je pense comme Grégoire,
   J'aime mieux boire.

Je perds sur tout ce que je vends, mais il faut bien gagner sa vie.

Je reprends mon bien partout où je le trouve,

Je rêverai le reste.

Je saurai vous trouver jusqu'au fond de vos repaires.

Je suis leur chef, il fallait bien les suivre !

Je suis oiseau : voyez mes ailes.

Je vais où va toute chose,
   Où va la feuille de rose...

Jocrisse.

Joli moi de mai, quand reviendras-tu ?

Jument (la) de Roland.

Juste (le) milieu.

Juste retour, Monsieur, des choses d'ici-bas.

L

L'âge d'or était l'âge où l'or ne régnait pas.

L'agriculture manque de bras.

L'amitié d'un grand homme est un bienfait des dieux.

L'amour fait passer le temps, le temps fait passer l'amour.

L'appétit vient en mangeant.

L'argent n'a pas d'odeur.

L'asile le plus sûr est le sein d'une mère.

L'avenir est aux apathiques.

L'Empire, c'est la paix.

L'empire est au flegmatique.

L'Empire est fait.

L'ennui naquit un jour de l'uniformité.

L'esprit qu'on veut avoir gâte celui qu'on a.

L'Europe sera républicaine ou cosaque.

L'homme absurde est celui qui ne change jamais,

L'homme propose et Dieu dispose

L'homme s'agite, mais Dieu le mène.

L'honneur est comme une île escarpée et sans bords.

L'honneur est un vieux sainct que l'on ne chomme plus.

L'horizon se rembrunit.

L'immense canaille de l'ombre.

L'ingratitude est l'indépendance du cœur.

L'insurrection et le plus saint des devoirs.

L'or même à la laideur donne un teint de beauté.

L'ordre règne à Varsovie.

La Bourgogne était heureuse...

La Charte sera désormais une vérité.

La crainte fit les dieux, l'audace a fait les rois.

La critique est aisée et l'art est difficile.

La danse n'est pas ce que j'aime,

   Mais c'est la fille à Nicolas.

La démocratie coule à pleins bords.

La discorde est au camp d'Agramant.

La divinité qui s'amuse
  A me demander mon secret...

La douleur est un siècle, et la mort un moment.

La faim, l'occasion, l'herbe tendre...

La faute en est aux dieux
  Qui la firent si belle...

La force prime le droit.

La forme ! la forme !

La forte somme.

La France est assez riche pour payer sa gloire.

La France est une monarchie absolue, tempérée par des
  chansons.

La garde meurt et ne se rend pas.

La hauteur des maisons
  M'empêche de bien voir la ville.

La lettre tue, mais l'esprit vivifie.

La loi permet souvent ce que défend l'honneur.

La mauvaise foi est l'âme de la discussion.

La meilleure des républiques.

La mère en prescrira la lecture à sa fille.

La mode est un tyran dont rien ne nous délivre.

La mort a des rigueurs à nulle autre pareilles.

La paix à tout prix.

La parole a été donnée à l'homme pour déguiser sa pensée.

La parole est d'argent, mais le silence est d'or.

La pitié n'est pas de l'amour.

La place m'est heureuse à vous y rencontrer.

La plus grande pensée du règne.

La plus perdue de toutes les journées est celle où l'on n'a
  pas ri.

La popularité ! C'est la gloire en gros sous.

La propriété, c'est le vol.

La propriété reste debout, assise...

La raison du plus fort est toujours la meilleure.

La République est le gouvernement qui nous divise le
   moins.

La République sera conservatrice, ou elle ne sera pas.

La République tourne au sang ou à l'imbécillité.

La révolution française est un bloc.

La sainte canaille.

La sombre jalousie au teint pâle et livide.

La victoire sera au plus sage.

La vie est un voyage,
   Qu'on ne fait bien qu'à deux.

La vile multitude.

Labadens.

Laissez ces enfants à leurs mères...

Laissez faire, laissez passer.

Le bien-aimé ne revient pas.

Le bruit est pour le fat, la plainte pour le sot...

Le calembour est la fiente de l'esprit qui vole.

Le chagrin monte en croupe et galope avec lui.

Le char de l'État navigue sur un volcan.

Le cléricalisme, voilà l'ennemi.

Le cœur a ses raisons que la raison ne connaît point.

Le cœur léger.

Le crime fait la honte et non pas l'échafaud.

Le dieu, poursuivant sa carrière.

   Versait des torrents de lumière...

Le dos au feu, le ventre à table.

Le drapeau rouge n'a jamais fait que le tour du Champ de
   Mars, etc.

Le Français né malin créa le vaudeville.

Le latin, dans les mots, brave l'honnêteté.

Le masque tombé, l'homme reste.

Le moment où je parle est déjà loin de moi.

Le pire des états, c'est l'état populaire.

Le premier qui fut roi fut un soldat heureux.

Le premier vol de l'aigle.

Le roi et son auguste famille.

Le roi règne et ne gouverne pas.

Le sang anglais n'a pas coulé, mais l'honneur anglais a coulé par tous les pores.

Le sang qui vient de se répandre était-il donc si pur ?

Le secret d'ennuyer est celui de tout dire.

Le silence des peuples est la leçon des rois.

Le silence est l'esprit des sots,
  Et l'une des vertus du sage.

Le style, c'est l'homme.

Le superflu, chose très nécessaire.

Le temps est un grand maître.

Le temps n'épargne pas ce qu'on a fait sans lui.

Le temps ne fait rien à l'affaire.

Le trident de Neptune est le sceptre du monde.

Le véritable Amphitryon
  Est l'Amphitryon où l'on dîne.

Le vice appuyé sur le bras du crime.

Le voilà donc connu, ce secret plein d'horreur.

Les affaires, c'est l'argent des autres.

Les anciens sont les anciens, et nous sommes les gens de maintenant.

Les canards l'ont bien passée.

Les dieux s'en vont.

Les femmes, il n'y a que ça.

Les gens que vous tuez se portent assez bien.

Les morts vont vite.

Les restes d'une voix qui tombe et d'une ardeur qui s'éteint.

Les révolutions commencent par les avocats, etc.

Les Romains expriment par leurs gestes qu'ils manquent de femmes.

Les sots depuis Adam sont en majorité.

Les sots sont ici-bas pour nos menus plaisirs.

Leurs écrits sont des vols qu'ils nous ont faits d'avance.

Lorette.

M

Ma foi, s'il m'en souvient, il ne m'en souvient guère.

Madame la Ressource.

Madame se meurt ! Madame est morte !

Mais enfin je l'ai vu, vu de mes yeux, vous dis-je.

Mais sac à papier ! on ne parle que de ma mort là-dedans.

Malheur à vous qui riez, car vous pleurerez.

Malheureuse France ! Malheureux roi !

Manifestation (la) des bonnets à poils.

Manteau (le) troué de la dictature.

Marianne.

Mayeux.

Même quand l'oiseau marche, on sent qu'il a des ailes.

Mes vœux sont ceux d'un simple bachelier.

Messieurs, la séance continue !

Midas, le roi Midas a des oreilles d'âne.

Ministres débarqués.

Moi, dis-je, et c'est assez.

Molière, avec raison, consultait sa servante.

Moment (le) psychologique.

Mon gendre, tout est rompu !

Mon oncle ne dira rien, mais c'est ma tante qui ne sera pas contente.

Mon royaume pour un cheval !

Mon siège est fait.

Monnaie de singe.

Monsieur de Crac.

Monsieur Prudhomme.

Monsieur, vous avez une fille...

Mort avant l'âge.

Mort d'amour... et d'une fluxion de poitrine.

Mort ou victorieux.

Moulin à paroles.

Mourir pour la patrie, c'est le sort le plus beau.
Moutons (les) de Panurge.
Mur (le) de la vie privée.

N

N'avouez jamais !
N'oublions pas que nous sommes à cheval !
N'y a pas d'mal à ça, Colinette.
Ne m'oubliez pas.
Ne parlons jamais de l'étranger, mais que l'on comprenne que
    nous y pensons toujours.
Nez (le) de Bouginier.
Ni hommes ni femmes, tous Auvergnats!
Ni un pouce de notre territoire, ni une pierre de nos forte-
    resses.
Noblesse oblige.
Non, il n'est rien que Nanine n'honore.
Notre spirituel confrère.
Nourri dans le sérail, j'en connais les détours.
Nous arrivons toujours trop tard.
Nous avons changé tout cela.
Nous dansons sur un volcan.
Nous l'avons en dormant, Madame, échappé belle.
Nous nous saluons, mais nous ne nous parlons pas.
Nouvelles (les) couches sociales.
Nu comme le discours d'un académicien.
Nul n'aura de l'esprit hors nous et nos amis.
Nul n'est prophète en son pays.

O

O liberté! que de crimes on commet en ton nom !
O ma mère !
Œuf (l') de Christophe Colomb.
Oh ! c'était le bon temps, j'étais bien malheureuse !

Ohé ! les p'tits agneaux.

On devient cuisinier, mais on naît rôtisseur.

On dirait du veau !

On doit des égards aux vivants, on ne doit aux morts que la
vérité.

On entre, on crie,
  Et c'est la vie.

On ne meurt pas d'amour.

On ne meurt qu'une fois.

On ne tombe jamais que du côté où l'on penche.

On ne vit qu'à Paris, et l'on végète ailleurs.

On rend l'argent de tout achat qui a cessé de plaire.

On s'éveille, on se lève, on s'habille et l'on sort.

On voit, on sent la mer d'ici.

Ordre (l') moral.

Organisateur (l') de la victoire.

Où il n'y a rien, le roi perd ses droits.

Où la vertu va-t-elle se nicher !

Où peut-on être mieux
  Qu'au sein de sa famille ?

P

Paradis (le) de Mahomet.

Pas d'ça, Lisette !

Pas de femmes !

Pas de zèle !

Passez-moi la rhubarbe, je vous passerai le séné.

Patrouillotisme.

Pauvre bouquet, fleurs aujourd'hui fanées...

Pauvre mais honnête.

Pépin (parapluie).

Périssent les colonies plutôt qu'un principe !

Petit (le) caporal.

Pied (le) qui r'mue.

Pipe-en-Bois.

Pipelet.

Piqueurs (les).

Plan (le) du général Trochu.

Pli (le) de la rose.

Plus blanche que la blanche hermine.

Plus ça change, plus c'est la même chose.

Plus inconstant que l'onde et le nuage.

Points noirs.

Politique de fous furieux.

Pour faire un civet, prenez un lièvre.

Pour réparer des ans l'irréparable outrage.

Pour une année où il y a des pommes, n'y a pas de
    pommes.

Pour vivre heureux, vivons caché.

*Premièrement de l'argent, secondement de l'argent, troisiè-
    mement de l'argent.*

Prenez-en, pendant qu'elle guérit encore.

Prenez mon ours !

Prudence, célérité, discrétion.

Q

Qu'il reste seul... avec son déshonneur.

Qu'ils chantent, ils paieront.

Qu'on lui ferme la porte au nez,
    Il rentrera par les fenêtres.

Qu'on puisse aller, même à la messe,
    Ainsi le veut la liberté.

Qu'un ami véritable est une douce chose !

Qu'une nuit paraît longue à la douleur qui veille !

Quadrature (la) du cercle et le mouvement perpétuel.

Quand Auguste buvait, la Pologne était ivre.

Quand ils ont tant d'esprit, les enfants vivent peu.

Quand je ne parle pas, je ne pense pas.

Quand le bâtiment va, tout va.

Quand on a tout perdu, quand on n'a plus d'espoir...

Quand on est mort, c'est pour longtemps.

Quand on fut toujours vertueux,
  On aime à voir lever l'aurore.

Quand on prend du galon, on n'en saurait trop prendre.

Quand vous verrez tomber, tomber les feuilles mortes.

Quant aux injures, on ne les élèvera jamais au-dessus de
  mon dédain.

Quart (le) d'heure de Rabelais.

Que c'est comme un bouquet de fleurs.

Que de choses dans un menuet !

Que diable allait-il faire dans cette galère ?

Que l'Europe nous envie.

Que les mœurs réprouvent et que la loi protège.

Que messieurs les assassins commencent !

Que sais-je ?

Que vouliez-vous qu'il fît contre trois ? — Qu'il mourût !

Quel est donc ce mystère ?

Quel génie ! quel dentiste !

Quelle était cette main ? Quelle était cette tête ?

Quelques seigneurs sans importance.

Qui est-ce qui m'appelle son gendre ? Ça ne peut être que
  mon beau-père.

Qui me délivrera des Grecs et des Romains !

Qui n'a pas l'esprit de son âge
  De son âge a tout le malheur.

Qui ne sait compatir aux maux qu'on a soufferts !

Qui ne sait se borner, ne sut jamais écrire.

Qui sème le vent récolte la tempête.

Qui sert bien son pays n'a pas besoin d'aïeux.

Qui trompe-t-on ici ?

Quoi de plus léger que la plume ?

Quoi ! tu me quittes, tu t'en vas...

R

Rastacouère.

Réclames célèbres.

Remettez-vous, Monsieur, d'une alarme aussi chaude.

Rendez-lui son petit chapeau.

Rengainer son compliment.

Renouer la chaîne des temps.

Revenons à nos moutons.

Rien de trop.

Rien n'est changé en France, si ce n'est qu'il s'y trouve un
    Français de plus.

Rien n'est nouveau sous le soleil.

Rien n'est plus commun que ce nom,

  Rien n'est plus rare que la chose.

Rien ne doit déranger l'honnête homme qui dîne.

Rien ! rien ! rien !

Riflard.

Rire est le propre de l'homme.

Robert Macaire.

Robinson (parapluie).

Rome n'est plus dans Rome, elle est toute où je suis.

S

Sa grandeur l'attache au rivage.

Sa veuve inconsolable continue son commerce.

Saint Roch et son chien.

Sans-culotte.

Sans doute il est trop tard pour parler encore d'elle ?

Sans effeuiller la reine des fleurs.

Sauvage ivre.

Sauvé, merci, mon Dieu !

Sauvons la caisse !

Scène (la) à faire.

Se méfier de la payse.

Se soumettre ou se démettre.

Seigneur, vous changez de visage.

Semaine (la) des trois jeudis.

Sera-t-il dieu, table ou cuvette ?

Ses jours sont menacés ! ah ! je dois l'y soustraire.

Sévère, mais juste, comme l'instituteur Pet-de-Loup.

Si Bonaparte fût resté lieutenant d'artillerie, il serait encore
    sur le trône.

Si ces cinq francs peuvent parvenir à ton bonheur, sois-le.

Si Dieu n'existait pas, il faudrait l'inventer.

Si j'avais la main remplie de vérités, je me garderais bien
    de l'ouvrir.

Si Peau-d'âne m'était conté,
    J'y prendrais un plaisir extrême.

Si vous ne dormez pas.

Silence au pauvre !

Singe (le) de Nicolet.

Sinistre vieillard.

Son image est partout, excepté dans ma poche.

Souliers (les) de M. Dupin.

Sous ses heureuses mains le cuivre devient or.

Souvent femme varie.

Souvent la peur d'un mal nous conduit dans un pire.

Spectacle (un) à ravir la pensée.

Sujets (des)... de mécontentement.

T

Tel brille au second rang qui s'éclipse au premier.

Terrasser l'hydre de l'anarchie.

Thé (le) de madame Gibou.

Théodore monte.

Tire la ficelle, ma femme !

Titi.

Tombe aux pieds de ce sexe à qui tu dois ta mère.

Ton amour m'a refait une virginité.

Tous les genres sont bons, hors le genre ennuyeux.

Tous les méchants sont buveurs d'eau.

Tout arrive en France.

Tout bonheur que la main n'atteint pas n'est qu'un rêve.

Tout ça c'est des histoires de femmes.

Tout est dans tout.

Tout est pour le mieux dans le meilleur des mondes possibles.

Tout finit par des chansons.

Tout soldat français porte dans sa giberne le bâton de maréchal de France.

Tout va bien, signé Canrobert.

Triste exilé sur la terre étrangère.

Trois (les) tronçons.

Trop de fleurs.

Tu es poussière, et tu retourneras en poussière.

Tu n'auras pas ma rose.

Tu n'iras pas plus loin.

Tu trembles, Bailly ? — C'est de froid.

U

Un auteur gâte tout quand il veut trop bien faire.

Un coup d'œil de Louis enfantait des Corneilles.

Un dîner réchauffé ne valut jamais rien.

Un frère est un ami donné par la nature.

Un front qui ne rougit jamais.

Un homme de bien auquel il n'a manqué qu'un peu d'esprit pour être un écrivain médiocre.

Un homme qui se marie à soixante ans a-t-il des enfants ?

Un instant de repos dans ces vertes campagnes...

Un mardi gras révolutionnaire.

Un poème jamais ne valut un dîner.

Un vieux soldat sait souffrir et se taire
Sans murmurer.

Une chaumière et son cœur.

Une idée par jour.

Une robe légère
D'une entière blancheur.

V

Vache (la) à Colas.

Ver de terre amoureux d'une étoile.

Vive la joie et les pommes de terre !

Vive la Pologne, monsieur !

Voilà bien du bruit pour une omelette.

Voilà de vos arrêts, messieurs les gens de goût.

Voilà les bêtises qui recommencent !

Vous êtes empereur, Seigneur, et vous pleurez !

Vous êtes mon lion superbe et généreux.

Vous êtes orfèvre, monsieur Josse.

Vous êtes tous empoisonnés messeigneurs !

Y

Y a des gens qui se dis'nt Espagnols !

IMPRIMERIE F. DEVERDUN, BUZANÇAIS (INDRE).